四季醉

杜清湘／著

中国华侨出版社

北京

图书在版编目（CIP）数据

四季醉 / 杜清湘著. -- 北京 : 中国华侨出版社,
2020.10（2023.1重印）
ISBN 978-7-5113-8250-4

Ⅰ. ①四… Ⅱ. ①杜… Ⅲ. ①散文集－中国－当代
Ⅳ. ①I267

中国版本图书馆CIP数据核字(2020)第123623号

四季醉

著　　者：杜清湘
责任编辑：黄　威
封面设计：悟阅文化
美术编辑：悟阅文化
经　　销：新华书店
开　　本：710mm×1000mm　　1/16开　　印张：11.75　　字数：193千字
印　　刷：三河市嵩川印刷有限公司
版　　次：2020年10月第1版
印　　次：2023年1月第2次印刷
书　　号：ISBN 978-7-5113-8250-4
定　　价：42.80元

中国华侨出版社　北京市朝阳区西坝河东里77号楼底商5号　邮编：100028
法律顾问：陈鹰律师事务所
发行部：（010）58815874　　传　真：（010）58815857
网　　址：www.oveaschin.com　　E-mail：oveaschin@sina.com

如果发现印装质量问题，影响阅读，请与印刷厂联系调换。

笔犁厚土

（代序）

　　春暖花开，放眼望去，一派生机勃勃。在这个充满希望的季节里，文友杜清湘即将要出版第三本散文集《四季醉》，这对他来说的确是一件可喜可贺的事情。如今，出版作品集对作者来说，是非常困难的。而作者的创作成果通过作品集的出版来展现是必经之路，也是写作者的愿望，所以每年有大批文学著作面世。

　　先说说杜清湘，他是甘肃庆阳环县人，祖祖辈辈面朝黄土背朝天在黄土高原辛勤耕作。他为人热情、质朴，这从我第一次见他就看得出来。让我欣喜的是，他不仅文章写得好，而且擅于画猫，还擅于歌唱，尤其是甘肃民间小曲，唱得精妙绝伦。这样说来，他可算得上是作家圈中的全才。他一直乐于环县文化资料的搜集和人文风情的创作，极富文人情怀。我和他的结识源于我组织的中国西部散文学会。2018年，办公室的萧忆递给我一本书，说是一位甘肃作家编著的《陇东民歌小曲》。我之前也曾一度奔忙于搜集陕北民歌的工作，也出版过有关陕北民歌的一些著作。于是对杜清湘有了一种天然的好感。我接过《陇东民歌小曲》，津津有味地阅览起来。我深知对于搜集这类散播在民间的精粹的艰辛，要做到准确、科学，非常不易。看着文中的一字一句，我对他的钦佩之情油然而生。我一直认为，不关心故乡民间文化的作家，就一定写不出带有故乡个性的文字。从某种意义上来说，民间文化对于创作的功劳是极大的，它给予了作品广阔的素材和深刻的人文思想。

　　我再来介绍一下我这位朴实的文友的文学创作成果。他是中国散文学会会员，中国西部散文学会副主席、甘肃分会主席，甘肃省作协会员。从事文学创作以来，先后著有《漫话环县》《陇东民歌小曲》《百花情》等著作。他的作品在《人民文学》《中国文物报》《少年文艺》《今古传奇》《黄河文学》《西部散文选刊》《精短小说》《甘肃日报》等全国各地报刊发表，总计200余篇。散文作品曾荣获《人民文学》美丽中国征文奖、首届"紫云山杯"全国散文征文一等奖、全国散文作家论坛征文三等奖、甘肃省"孝亲敬老"征文三等奖等20多项文学奖项。对于一个基层写作者来说，他的收获是非常丰硕的。而相关奖项的获得也从侧面说明了他文章的品质。尤其获得了由《人民文学》主办的美丽中国征文大赛的奖项，这是难能可贵的。这个奖项在文学圈非常有影响力，获得者不乏大家、名家，比如贾平凹、蒋子龙、彭程等。当然这一切的取得，与他常年勤奋好学、笔耕不辍是密不可分的。一个好的作家，首先就要坚持、勤学、勤写，坚持到底，就是胜利。毫无疑问，杜清湘已经取得了阶段性的胜利。

《四季醉》收录了杜清湘在报刊发表及获奖的佳作，这将会是杜清湘为他的文学人生奉献的又一场饕餮盛宴，也是为甘肃文学圈贡献的又一成果。当然对中国西部学会来说，也是重大的收获。我此前读过杜清湘的很多作品，他的作品朴实无华、感情真挚，有着和黄土高原一样的简朴与厚重。很多人可能会说，简朴与厚重是自相矛盾的。可莽莽苍苍的黄土高原正是同时具备了这两种特质，他的作品也一样。在简单中富有厚重的思想，在平实中溢满真情和希望。这些东西一直贯穿在他文章的始终，这是他的作品最与众不同的地方。他没有华丽的辞藻，没有巧妙的写作技巧，却特立独行，写出了一种有异于他人的风格，非常耐读。写故土的散文，浩如烟海，很多都是千篇一律，但杜清湘的不同。相信这本著作一定会给读者留下深刻隽永的印象。

"忽而一股清风吹来，沁人心脾的清香将我的思绪带到了童年时代，带到了生我养我的家乡……"翻开《四季醉》，我的思绪也像飘飞的春风，飞到了环县那边炽烈的土地，飞到了革命血液染红的山城堡，飞到了杜清湘埋头写作的文学世界。

午后，我坐在窗前，一页页看着他笔下的世界，一次次被陶醉，一次次被感染……深耕于大地的作家，我想一定会写出大地般磅礴的作品来。杜清湘的文学之路究竟还会给我们带来哪些重要的硕果呢，我们拭目以待。

愿我们挚诚的友谊地久天长，愿杜清湘的文学大树遮天蔽日，收获更多累累硕果。

刘志成

2020年3月23日

目 / 录 CONTENTS

回望故土

吟唱环县

写意华夏

回 / 望 / 故 / 土

四季醉

外祖母是方圆几十里闻名的大厨子，还是个酿黄酒的高手。老妈自小就得了真传。

老爸好酒。即使在经济困难的时候，他也要在地里种一点软糜子，冬季让老妈酿一小缸黄酒过年。后来，我家耕种的软糜子面积大了，黄酒缸变粗了，过年气氛更加浓了，贪杯醉倒的亲朋也多了。

那时我正处于血气方刚的年龄，好酒，贪杯，但只能偶尔到大队唯一代销店买二两散白酒解馋，从老妈酿酒那一天起就掐着、算着满月出缸的日子，似有度日如年的感觉。

期盼的日子到来了，我看见老妈取掉酒缸下面塞眼的小木楔楔，换上空心小木筒筒，一股黄澄澄的液体如泉水般流了出来。霎时，浓浓醇香弥漫整个窑洞，同时冲进我的鼻孔、咽喉，侵入我的五脏六腑，让我神往，让我欲罢不能。

老妈看着我快要"垂涎三尺"，深情地说："馋娃，这是底子酒，劲大，妈炖上一壶，让你解解馋吧！"说着，取出一只歪脖子锡壶，灌满黄酒，放入开水锅里，边往灶火里塞柴禾边说："炖黄酒心不能急，要把握火候，慢慢烧开才有味。"她还说："黄酒最讲口味，一等苦、二等酸、三等甜，酒最怕甜，酸都比甜好，酸酒臭肉待贵客嘛！"

我问老妈："黄酒壶怎么脖子歪了？"她笑着说："那年，你爸约了几个亲戚到家里喝黄酒，灶房有两个缸缸一模一样，一个盛酒，一个盛醋，因我一时马虎把醋当酒炖了。酒桌上，你爸卖弄说我做的黄酒又香劲又大，在方圆很有名。大家听着、品着，咋都不对劲。你爸是个暴脾气，刚喝一口就高声谩骂，将酒壶砸到地上，醋洒了，酒壶就成这个样了。"

十几分钟后，我看见酒壶口泛起白沫，时而涌上二寸有余，老妈说："酒炖好了。"坐在自家土炕上，品着老妈酿的、老妈炖的黄酒，吃着老妈生发的、老妈调的下酒豆芽菜，心里有说不出的畅快和幸福。

自斟自饮，一盅一盅入肠下肚，一点一滴浸润肺腑，顿觉飘飘然欲仙，昏昏然欲睡。

我钟情于老妈黄酒，只因它倾注了老妈年复一年的心血。

夏初是软糜子播种的季节，我看见老爸、老妈天不亮就下地，老爸吆喝着耕牛开垦了一条条犁沟，老妈小心翼翼地往犁沟均匀播撒一粒粒种子，一粒粒希望。他们祈祷着天降及时雨，不误农时除草松土，展望丰收。

伏天，我看见老妈腾空院子一边的小窑洞，用柴火把窑洞烧得很烫，再铺上麦草，将粉碎的小麦、洋麦碎片加水压成升子大的方块，整齐排列在麦草上，后封严窑口，发酵满月后取出。这便是老妈自制的黄酒曲。

入秋，我看见老妈登上山坳，像个郎中，猫着腰寻找开着黄花花叫细辛草的中药，连根带筋背回一捆捆。

冬季，我看见老妈整夜围着石碾子，毛驴转一圈，老妈跟着转一圈，笤帚在她手里不停地舞动着，汗水滴在转动的碾轱辘上，让红的、黑的软糜子变成了黄澄澄的米粒。

春节前一个多月，我看见老妈赶着毛驴，从深沟里驮回山泉水倒入锅里烧开，加软米做成酒饭，再掺入大曲混合，装入大缸，塞上一把细辛草，盖严盖子，用泥土密封，满满一个月。

我钟情于老妈黄酒，只因它是纯黄米酿制，纯天然发酵，细辛草为引，纯山泉水酝酿。喝一口，那么的淳朴，那么的温馨，那么的踏实。

地道的老妈黄酒，喝在嘴里，醉在心里，香在记忆里。

（刊发于《甘肃日报》2018 年 5 月 18 日，入围 "2018 中国西部散文排行榜" 优秀作品，入选《环县志》，荣获 2018 年首届 "化泉春杯" 全国散文大赛佳作奖、2018 年 "陈郎老酒杯" 中国散文征文大赛优秀奖）

那片杏树林

　　老家崖畔梁、对面山有几百亩杏树林，它是父母用汗水浇灌成长起来的。每年不同季节，我穿梭于这片林子里，品味着"春有花、夏有果、秋有叶"的乡村美景，仿佛置身于世外桃源。

　　清明刚过，春暖乍寒。小草刚刚挤破土皮，柳枝刚刚露出嫩芽，那片杏树林像春的靓丽使者，身穿洁白的盛装飘然而至。

　　我放眼望去，山坡上、涧畔下、沟壑里溢满着杏花。它们开得那般肆无忌惮，那般无拘无束，那般自由烂漫，把春天装扮得洁白如雪，把大地勾画得绚丽多彩。

　　我漫步在杏林间，一朵朵洁白的祥云悬挂在头顶树梢上，一块块硕大的棉花镶嵌在蓝天白云间，心情无比愉悦。

　　我徜徉在树丛里，一串串、一簇簇花朵挂满枝头，争奇斗艳。有的饱含蓓蕾，像戴着红色帽子的孩童，顽皮淘气，笑容可掬，天真可爱。有的含苞初放，像撑着粉色花伞的少女，淡淡红颜，羞羞答答，清纯美丽。有的竟相盛开，像披着白色婚纱的新娘，素雅俏丽，含情脉脉，楚楚动人。

　　我与花朵近距离交谈，与蜜蜂一起欢快地唱歌，与蝴蝶一起动情地跳舞，心灵受到了强烈震撼。

　　浪漫的夏日里，杏树林在阳光沐浴下，在雨露滋润下，枝头上的杏子由青色变为黄绿，再由黄绿变为金黄。

　　我躺在杏树底下仰望，摇摇曳曳的枝头上，密密麻麻的树叶间，无数个丰满圆润的杏子探头探脑，散发着熟透了的清香，口水忍不住流了出来。

　　我小心翼翼地爬上树干，碧绿的树叶被风吹得沙沙作响，诱人的杏儿在眼前晃动。我瞪大眼睛，选了一颗又大又圆的摘了下来，津津有味地吃着，酸酸的，甜甜的，那是季节酝酿后的味道。我忍不住吃了一颗又一颗。

深秋，天高云淡。我站在高处俯瞰，杏树茂密的叶子层层叠叠，绿中有黄，黄中有红，红中有紫，层林尽染。

我贴近树冠凝视，黄绿色、金黄色、紫红色的叶子在蓝天白云衬托下，像彩色的飘带，又像多姿的晚霞，是那么的灵动，那么的耀眼。一阵劲风吹来，叶子飘然而下，抓一片放在手里，细细端详，它像一只花蝴蝶，又像一把小扇子。它微微颤抖着，好似在诉说秋天的故事。

此刻，我的思绪飞到了40年前。

在我的记忆里，庄院不远处地边上有一棵身躯高大的杏树，树身一个大人张开双臂还抱不过来，我们习惯叫它"大杏树"。奶奶说，那年她路过一家院畔，看见树上黄澄澄的杏子，张口要了几颗。回家后吃了杏肉，把杏核种到了地边，结果成活了一棵，就是现在这棵大杏树。

春天大杏树开花了，我和姐姐、妹妹跑到树底下，一边尽情赏花，一边追逐嬉闹。一阵清风吹来，花瓣漫天飞舞，如同一只只粉色的蝴蝶在空中盘旋，时而落到我脸上，掉到我身上，那轻轻的、柔柔的感觉，如同母亲般的爱抚。

不觉到了"麦子熟，杏儿黄，百灵鸟儿叫得忙"的季节，大杏树上的杏子相继成熟。父亲、母亲、哥哥、姐姐收麦去了，奶奶早早起来，手持长长的木杆，轻轻敲打枝丫，一颗颗杏子落了下来，树底下黄灿灿一片。我和妹妹一边吃，一边往筐子里捡，一会儿满满一大筐。

我和妹妹将杏子抬回家，奶奶教我们晒杏干。我看见她拿起一颗杏子，顺着缝隙使劲一捏瓣成两半，然后取出杏核，里面朝上，一块一块整齐地摆放在高粱秆秆编的盖子上。我们心领神会，很快就熟练了。不大会儿，一筐杏子捏完了，我们将满满3盖子杏肉晾晒到太阳光最强的墙头上。

十几天后，奶奶从晒干的杏干里挑选了最好的留着吃，其他的父亲赶着毛驴，驮着杏干、杏核到供销社去卖。那个年代，这是我家唯一的收入。

包产到户后父亲育了几亩杏树苗，每年植树季节，他和母亲带着我们上山栽杏树好多天。为保成活，父亲教我们先挖好土坑，从深沟里担水浇灌，再将杏树苗直立土坑，下面装入沃土，接着边填土边夯实，上面整成蓄水畦子。年复一年，年年如此，我家崖畔梁、对面山、门前沟里栽满了杏树。

几年后,我家山绿了,做饭有了柴火,收入也增加了。

"清明时节雨纷纷,路上行人欲断魂。借问酒家何处有?牧童遥指杏花村。"每年清明,我都回老家祭祖,每次总会折几枝杏花插在父母坟头上,表达无尽的思念。那片杏树林早已成了我心目中永恒的"杏花村"。

（刊发于《甘肃经济日报》2019 年 12 月 14 日）

地椒椒情

盛夏走亲戚家，路过叫墩墩梁的山包，一股清香扑鼻而来。

放眼望去，青青的、绿绿的小灌木一片连着一片，顽强地生长着；粉粉的、紫紫的花蕾一串一串，争先恐后，竞相开放。个个像清纯秀丽、干净洒脱、身姿婀娜的农家少女，穿越黄土高坡，漫步山间小路。细细端详，纤细的藤蔓像巧妇纳鞋底一样，由点到面，行一寸路，扎一寸根，不漏一个针脚，缝补着黄土地的干裂和破碎。坚硬的小叶像竖起的牛耳朵，点缀着山脊每一个空间；绽放的小花像朝日彩霞，粉饰着山谷每一个角落。缓缓靠近，眯着眼睛，给它一个浅浅的吻，那纯纯的、淡淡的、幽幽的、缥缥缈缈的清香用心给予回报，顿觉神清气爽、飘飘欲仙。细心采摘小花、小叶，好似香姑娘附了体一般，独到、纯粹的香气肆意弥漫。

它的名字叫地椒椒！

地椒椒雅号百里香，它的故乡在地中海一代。在古希腊被认为是勇气和活力的象征。武士出征前，心上人要献上一枝百里香，用心传递永恒爱情。思春少女在衣服绣上百里香图案，意欲寻找意中情人。腼腆男人只要喝杯百里香茶，便可解除腼腆和羞涩，勇敢追求所爱之人。不知何时，它漂洋过海，悄悄走进祖国北方，扎根于陇东、陕北、宁南、蒙西一带黄土高坡，历经风雨雪霜搏击，历练了耐寒、耐旱、坚韧、顽强的个性，积淀了特异、芬芳、清香的气息，造就了祛风止咳、健脾行气、利湿通淋的功效。诗人赞美它是"破晓的天堂"，中医称它为药中靓女，村民唤它为香儿宝宝。而在我看来，它是黄土地绚丽多彩的宠儿。

我赞美地椒椒，只因它与我有着难以割舍的情意，它曾救过我的命。

儿时，我上山放牛，不慎着凉得了胃痉挛，农村叫"羊毛叮"，肚子像羊毛细针乱扎一般，疼得在炕上直打滚。母亲急坏了，翻越了几座大山，到了叫九道岭的山峁，采集了胳膊粗一箍地椒椒，取了几株煎熬了一小碗黄澄澄的药水，让我喝下去。还不到 10 分钟，我肚子疼奇迹般地痊愈了。母亲说是外祖父教给她的方子。过了几天，我看见母亲用麻袋背回一个长满地椒椒的土块，她带我到崖头硷畔一角，挖了深坑，施了农家肥，浇了一桶水，将土块装了进去。从此，九道岭上的地椒椒有了新家，在母亲的呵护下，它在新家繁衍生息，子孙越来越多，地盘越来越大。

收麦季节农民最苦，也容易上火，从麦趟里回家，有一碗清凉可口的地椒椒茶，酷热和劳累会消除一半。父母在生产队干农活，日出而作，日落而息。奶奶年过古稀，做地椒椒茶的担子就落到她身上。于是，我经常看见她步履蹒跚地爬上崖头硷畔，来到一簇簇、一丛丛山花前，把拐杖放在一旁，猫着腰仔细端详着，接着从护襟兜兜里掏出一把剪刀，拨弄藤蔓，细心地剪下来，一根根码放得整整齐齐。回家后，在柴火锅里烘炒一番，抖落小叶，存放到小罐里做茶叶。奶奶说，用地椒椒做茶叶，最能对付炎炎夏日，还可治肚子疼。秆秆、筋筋、花花堆在筐筐里做香料。奶奶说，用地椒椒做香料，炖羊肉没有膻味，推炒面加进去，炒面又醇又香。怪不得环县羊羔肉鲜美不膻，环县风情全羊宴夺得"中国名宴"大奖，原是山羊饱食地椒椒产生的效果。

奶奶说着已做好了地椒椒茶。父亲收麦回家，倒了一大碗一饮而尽。看到他喝香了的表情，我好奇地尝了一口，涩涩的、苦苦的，比糖水差远了。以后，奶奶在暑天继续做地椒椒茶，我也一天天长大了，慢慢品出了喝地椒椒茶原汁原味的清香，还学会了做地椒椒茶的手艺。

40 多年过去了，总有一种怀旧的情愫萦绕心头。打开沿路采集的地椒椒，荡涤尘埃黏附的小叶、小花，按照奶奶教的方子做好茶叶，放进茶壶，加上开水，瞬间诱人的汤色秀出，金黄灿灿，黄中透绿，还是奶奶泡的那个色。细品慢饮，唇齿间荡漾着阵阵醇香，瞬间沁人心脾，还是奶奶泡的那个味。真个儿是"借来碧玉七分绿，偷得花魂一缕香"。

（刊发于《陇东报》2018 年 3 月 26 日，荣获"印象中国年"全国首届新春文学大赛金奖、"四海杯"国内外诗联书画邀请赛金奖）

老妈腊八饭

自我记事起，村子里就有吃腊八饭的习俗。

腊八前一天，老妈像陀螺一样不停地转。她一会儿从粮囤上取下几个瓜葫芦，用嘴吹掉表面尘土，倒出绿的、红的、白的、黄的、紫的豆子；一会儿从面柜里搜腾出一个纸包包，拆掉几层油叽叽的报纸，取出一只羊油碗坨坨；一会儿又从大缸里挖出几碗黄米，倒入洋瓷脸盆里……

家里的芦花公鸡比周扒皮家的公鸡起得还早，它伸着长长的脖子，"喔呜喔、喔呜喔"地叫了起来。

我隐约听见老妈唤我：兴儿，你不是让我教你做腊八饭嘛！快起来。我把梦境里的故事抛到一边，揉了揉还在打架的眼皮，迷迷糊糊地爬了起来。

老妈树皮般的手熟练地忙活着，将羊油碗坨坨切成块，将洋芋、萝卜切成丁，将红葱切成丝，将大蒜切成片。和了荞麦团捏成了十二生肖，还往本命年生肖肚子里塞进二分硬币。淘洗了几碗黄米和五样豆子。

一切准备就绪，她笑微微地诵道：小孩小孩你别馋，过了腊八就是年。腊八饭，吃几天，哩哩啦啦二十三……

我掏空耳朵，听老妈诵民谣，看老妈做腊八饭。

老妈有节奏地拉动风箱，随着"呼——哒，呼——哒"的声音，一股青烟穿过烟囱袅袅升起，灶火里扑闪扑闪的火焰把老妈的脸庞照得通红，那张慈祥的脸盘上布满了密密麻麻的烟尘。

锅热了，老妈往里面倒了几块羊油、几滴清油。油热了，倒入葱花、蒜片。佐料出香了，倒入洋芋丁、萝卜丁，加入花椒面、辣椒面、食盐，翻炒片刻。炒熟了，按照一碗米、三碗水的标准加水。水开了，倒入黄米、豆子。粥饭半熟了，倒入十二生肖面团……一步一步，动作十分娴熟。

　　我看得着了迷，随口问道：妈，做腊八饭要那么多的料，做法又那么复杂，有讲究吗？

　　老妈清了清嗓子说：很久以前，有一家夫妇好吃懒做，父母过世后，家里积攒的粮食一天天减少，到了腊月初八这天，他们把仅有的米、面、油、肉混在一起做成了粥饭，一顿吃完，不几天就饿死了。为教育好吃懒做的人，吃腊八饭的习俗就传了下来。吃腊八饭有好多讲究，五样豆子意味"五谷丰登"，十二生肖意味"十二个月平平安安"。饭要吃早，意味"一年之计早打算"。饭不可一顿吃完，意味"年年有余"。本命年生肖肚里硬币谁吃到了，意味来年谁有钱花。

　　老妈讲着，一锅热腾腾、香喷喷的腊八饭熟好了。我像个馋猫一样，嚷嚷着让老妈舀饭。老妈说：等等。我看见她端起半碗饭，用筷子往锅台、锅项、灶火门、门框上乱蹭了一通，说是敬灶神、敬门神。往院外倒了一点，说是敬祖先。接着让我唤奶奶、老爸和哥哥、姐姐、妹妹吃饭。这时天才麻麻亮。

　　大家相继到了灶房，奶奶、老爸上炕盘腿大坐，我们小字辈或坐在板凳上，或立在炕沿一边。老妈将舀得冒尖尖的一碗饭双手递给奶奶，接着又递给老爸一碗，最后才给我们舀，连家里的白狗、狸猫也破例享用了一碗。

　　我们津津有味地吃着，吃了一碗又一碗。吃得额头流水，吃得鼻尖渗汗，吃得饱嗝连连，吃得肚儿圆圆。那一刻，嘴角挂着饭渣、鼓着肚子打嗝的我感到无比幸福。

闪光的银杏叶

周日，我悠闲地漫步在环江河畔，感受着晚秋的气息。

我放眼四周，路旁的银杏树换上了金黄的盛装，在阳光照耀下格外鲜艳。一阵劲风吹起，银杏枝摇摇曳曳，银杏叶在空中翻着滚儿，打着旋儿，缓缓投入大地的怀抱。不一会儿，满地都是金黄色的叶子。

"快看啊，好漂亮！"我循声望去，几个孩子正捧着落地的银杏叶往空中抛撒，叶子迎风飘扬，如金色的蝴蝶翩翩起舞。此刻，我的耳边响起了大文豪郭沫若《银杏》一文中"秋天到来，蝴蝶死了的时候，你的碧叶要翻成金黄，而且又会飞出满园的蝴蝶"的句子，描写得多么豪放，多么传神啊！

我爱银杏叶，心里一直珍藏着一片闪光的银杏叶，那是一片饱含着浓浓母爱的银杏叶。

那年上初中借了同学一本《城南旧事》阅读，书中耐人寻味的故事深深地打动了我，独特的叶子书签深深地吸引了我。同学告诉我，书签是舅舅在环县烈士陵园捡到的银杏叶。

我深爱这个银杏叶书签，多么希望自己也有一片银杏叶书签，夹在书页里，陪伴我阅读，陪伴我成长。

国庆节学校放了 3 天假，我缠着母亲带我寻找那片梦寐以求的银杏叶，母亲答应了。

清晨，我随母亲从老家出发，翻山越岭步行 80 多里来到环县，第二天早上到了烈士陵园。

环县烈士陵园不仅是缅怀革命先烈的爱国主义教育基地，又是县城居民唯一的休闲游乐场所，一般周日和重大节日对外开放，我们赶上了好时机。

走进陵园，我们沿着人行小道转了几个弯找到了那棵银杏树。细心凝视，碗口粗、丈余高的树干在花朵簇拥中茁壮挺拔，树干分成许多树杈，树杈又分出许多小枝，小枝上布满黄色的叶子，在微风吹拂下，像无数只小手拍打着动听的乐章。

忽而一片印着斑斓光点的银杏叶悄然向我飞来，我轻巧地抓住它放在手掌里，它眼睁睁地望着我，好似在诉说自己成长的故事。我笑眯眯地看着它，它像一把美丽的小扇子，又像一只漂亮的花蝴蝶，是那么的灵动，那么的可爱，那么的诱人。

又是一阵劲风，叶子飘然而下。我欣喜若狂，瞬间拜倒在地，如愿以偿地捡到了十多片黄色小扇。母亲取出随身带的手绢，小心翼翼地包了起来装进兜里。

回家后母亲取出银杏叶，我毫不吝啬地赠送哥哥、两个姐姐、妹妹各一片做留念。到了学校，我又赠送给班主任和几位要好的同学各一片做书签。老妈的针线盒里也多了几片银杏叶，她照着样子在鞋垫、枕顶上绣了银杏叶，还为我缝制了新书包，正面绣上了银杏叶。

以后的日子，我与银杏叶有了不解之缘，绣着银杏叶的书包、书页里的银杏叶书签，伴随我读完了初中，读完了高中……

奶奶的拐杖

在老家窑洞里，有一根布满灰尘的牛角拐杖，直觉告诉我，这是奶奶的拐杖。从牛角上留下的抓痕看，它是奶奶不离不弃的亲密伙伴。

在我的记忆里，奶奶脑后一直盘个髻，髻上插一把银簪，腰间系一条围裙，一双缠着的小脚走起路来蹒蹒跚跚，常年拄着一根牛角头、红柳木把拐杖。她说是一位堂弟做的。

奶奶说她年轻时也恋娘家，尽管回一次娘家要走百余里山路，但每年还是会去一次。行走时牵上一头毛驴，天不亮出发，大半夜才能到。父母过世后，就很少去娘家了。

爷爷我没见过，奶奶说他老实巴交，在几十口人的大家庭里，一年四季是个放羊汉，40 岁刚过就病逝了。

奶奶有 4 个子女，她守节坐寡，拖大带小，勤劳持家。因常年劳累过度，不到 50 岁腿脚就不灵便了，走路时常常拄着一根木棒。

那年，奶奶打听到距家 40 里有一房堂弟居住，于是就近认了娘家。奶奶走娘家只能拄一根木棒步行。堂弟看到姐姐拄的木棒既笨重又粗糙，就锯掉自家公牛一只角，在上面打了孔，安了红柳木把，送给她做拐杖。

我上小学是农业合作化时期，父母忙着挣工分维持家计，60 多岁的奶奶就成了我生活的守护神。因学校距家足有 8 里路远，每天奶奶天不亮起床做好早饭后用拐杖敲我，唤我起床。有时我赖床，她就用拐杖指着我说：快起，要挨打了吧！我只好懒洋洋地爬起来。记得有一次，奶奶真的用拐杖打了我，我一气之下，把拐杖扔到门前树杈上，气得她直跺脚。

在农村，孩子上学一般不需要大人接送，大都攀伴而去，又攀伴而回。我家是独庄头，距邻居家还有一里多路，家里人怕我路上不安全，每天早上奶奶和妈妈轮流送我到邻居家攀伴，放学后又到邻居家接我。在接送中，我嫌奶奶拄着拐杖走得慢，就调皮地往前面跑，奶奶不放心，跌跌撞撞在后面追，拐杖不停地嗒嗒作响，累得上气不接下气，而我无知地在一旁得意地傻笑。一天放学后，我照样在奶奶前面跑，忽而一条黑狗"汪、汪"朝我扑来，吓得我哇哇大哭，奶奶在后面边跑边扯着嗓门大喊：蹲下别动！奶奶赶到，立即用拐杖赶走了黑狗。自那以后，我再不敢整奶奶了。

作者奶奶

我上初中，学校距家 60 多里远，只能住校。临走那天，父亲赶着毛驴送我，奶奶拄着拐杖沿着凹凸不平的山路送了一程又一程。看着那拐杖在土路上留下的斑斑印痕，看着奶奶布满皱纹的脸上老泪纵横，我哭了。奶奶擦干我的眼泪说：到学校好好学习，做个有出息的人。我答应了奶奶。

1984 年我参加了工作，奶奶听到这一消息非常高兴，她拉着我到她住的窑洞里，从箱子里取出一盒饼干和十几个核桃，说是亲戚看她时给的，一直给我留着，还硬塞给我 2 元钱。吃着奶奶攒着舍不得吃的东西，看着她佝偻的身躯、艰难的步履、全白了的发髻，心里有说不出的酸楚。

春节到了，我攒了工资给奶奶买了水果罐头、饼干和一条黑包头，还承诺给她买一根龙头拐杖。奶奶开心地说：真没想到，这辈子还沾孙子光了！

我参加工作第 3 年春天，家里带信说奶奶病危，我火速赶回，但见奶奶平躺在土炕上一动不动，伴她的那根拐杖斜立在土炕一角，显得很无奈。奶奶强睁开眼睛看了看我，露出一丝微笑，便安详地闭上了。我顿时号啕大哭：奶奶，你醒醒，孙儿还没给你买龙头拐杖呢！此刻，窑洞里哭声一片……

30 年过去了，打开记忆碎片，讲奶奶的故事是那么有滋有味，那平凡小事在我人生天平上却有着泰山般沉甸甸的分量，那根伴随着奶奶走过风风雨雨的拐杖，好似忠实的看家狗，主人走了，它却毅然守候着主人住过的老窑洞。

（刊发于《百姓文学》2018 年冬刊）

我的父亲

父亲9岁时没了父亲，还是一个娃娃的他就挑起了家庭重担，在贫寒缺少父爱的特殊家庭里，造就了他勤劳质朴、说一不二的个性。

父亲吃苦耐劳，一辈子闲不住。我小的时候，家里缺吃少穿，为了糊口，我从没见父亲睡到过天亮。白天，干生产队长派的农活，拼命挣工分。夜晚，把平时收集的红柳条编成箩筐、粮囤、连枷，把席棘编成草鞋、栽成扫帚，把冰草根搓成绳子，把小圆木锯成小木板，做成木掀、箍成木桶。这些生产用品除了自用，剩下的赶集去卖，换回零花钱。包产到户后，他凭着苦力，粮食倒满了囤子。没钱花，他又学着做小本生意，经常背着羊皮、羊绒、羊毛赶集市，还做过贩羊、贩鸡的活计。

父亲心灵手巧，技术活无师自通。在我的记忆里，家里的门窗、木犁、木耧、木掀、连枷、桌子、面柜都是父亲自学做的，从没拜过师。石磨老了自己锻，木桶坏了自己箍，农具坏了自己修。家里修了3处庄基，都是他自己修崖面，自己旋窑，自己抹墙，自己箍窑口。

父亲喜欢读书人。他虽不识字，但会打算盘，九归算法很熟练，说是跟四爷学的。他说：人不识字就是个睁眼瞎子。正是这样，他面对连肚子都吃不饱的现实，毅然坚持让子女上学。为凑学费，他经常上山挖药材、拾发菜、捡杏核、打零工……什么脏活累活都干过。记得我上初中时，学生大灶用柴火做饭，上灶时交4斤柴禾方可领到1斤饭票，同学们大都利用星期日到山沟里打柴禾。那年我13岁，个头小，身体弱，父亲知道我打不了柴禾，开学时赶着毛驴驮着柴禾、背着干粮送我上学，同学们看到很羡慕。正因父亲的耐心和支持，二姐上了卫校，我和哥哥读完了高中，妹妹读完了初中。20世纪80年代，哥哥、二姐和我相继走上了工作岗位。只因大姐自幼能吃苦，为养家糊口，父亲忍痛没让她上学，父亲在世时每当提起这件事就叹息。

作者父亲、母亲

　　父亲一生对植树最为执着，每年春秋季都要带着我们上山栽树 10 多天。为保栽保活，他教我们先挖好土坑，从深沟里担水浇灌，再将树苗直立着栽入沃土，接着边填土边夯实，上面整成蓄水畦子。经过多年努力，现在我家庄前屋后有树林 500 多亩，各种树木 5000 多株。20 世纪 90 年代后期，我在县城买了房子，通过反复做工作，父亲同意到县城居住，但每年都要回家植树。

　　父亲个性倔强孤僻，说一不二，是个粗线条的人，尤其是脾气十分暴躁，动不动就雷霆大怒，我们兄弟姊妹都怕他，不敢和他正面说话，即使偶尔坐在一起，也极为拘谨和温顺。随着年龄增长，天性好强的我曾尝试和他顶嘴，但终于没能逃过他的拳头。正是这样，父亲在世时我们虽尽了孝道，但往往畏惧多于亲近。现在想来，却忽略了一些细节，没有看到严厉背后的关爱和呵护。记得那年冬天，母亲带哥哥、姐姐到外祖母家去了，父亲陪着我和妹妹。一天，他把火盆搬到炕中间，用木柴生了火，找来一个玉米棒，搓下玉米粒，一粒一粒埋进火盆灰里，忽听得"砰、砰"响声，爆玉米花一粒一粒蹦了出来。我和妹妹一边抢，一边吃，一边不断往火盆里埋玉米。不一会儿，我们满脸都是灰，父亲看到这种情形，放声大笑……

2003 年父亲得了胃癌，尽管医院全力治疗，但还是没有熬过去。在病床上，他面容憔悴，有气无力地对我说：兴儿，我有病你们尽孝了，古人说，叶落归根，送我回老家吧！我无奈尊重了他的意见。父亲回老家后一个月便与世长辞，走完了他平凡而厚重的 72 个春秋。

（刊发于《西部散文选刊》2018 年第 10 期）

悠悠慈母心

母亲生于20世纪30年代，那时农村盛行早婚，她15岁就与父亲结婚了。因祖父英年早逝，初进孤儿寡母的清贫家庭确是一个严峻考验，而她没有任何怨言和嫌弃，毅然挑起一家主妇的重担。每天天不亮起床，除了下地干农活，把家里家外打理得干干净净、整整齐齐，一家人有说有笑，和睦相处，吃穿有余。

农业合作化时期，我们兄弟姊妹相继出生，全家8口人的衣食仅靠父母拼命挣工分分到的几百斤粮食和十几元现金维持。为糊口，夏季母亲早起摸黑到田间地头挖一筐苦苦菜，秋季农业社收工后，借着月光，收割一捆棉蓬，家人饭碗里多半是野菜和棉蓬炒面。包产到户后，饱受饥饿的父母从没睡到过天亮，精心务农，不久成了本村数一数二的富户。

在我的记忆里，母亲冬季一直穿着黑色大襟绸袄，前襟破烂已漏出棉花，但她却舍不得丢掉，她说是出嫁时娘家陪送的。她洗衣服到深沟里挖碱土除污，蒸馒头用荞柴灰加水炮制当碱面，炒菜用收集的地椒椒、高菊花、炒面花、香豆叶叶做调料。家里喂养的牛脱毛时，她用梳子一点一点把牛毛梳下来，积累起来做成牛毛毡。2000年我买了房子，接她到县城定居，她看我钱少，有空就搬个小凳子坐到街上给人画鞋垫、画枕顶，挣点零花钱。腌菜时，她到市场把别人扔掉的菜叶收集起来，用剪刀减掉坏叶，剩下好叶腌着自己吃。就这样，年复一年，节省了好多生活费用。

母亲公道贤惠，一生把娘家妈和婆婆一样孝敬，把女儿和媳妇一样看待。自我记事以来，尽管家境清贫，但每年母亲都要给奶奶过生日，哪怕一个煮鸡蛋、哪怕一碗细白面，也要让奶奶开心快乐。母亲3个女儿、两个媳妇，她从不偏三向四，儿子和媳妇吵架，不管谁的事，挨批的总是儿子。一家人总是围着她转，有时她走亲戚十几天，一回到家，子女、媳妇、孙子、孙女都跑来问这问那，似乎有说不完的话。有空，她为晚辈们唱几首民歌小曲，讲几段有趣故事，逗得大家乐呵呵。母亲在方圆很有威望，谁家两口子吵了架，都找她说和。记得一次，村里有两口子打了架，妻子跑了，母亲知道后追了 10 多里劝了回来。村子里的人都称她"女当家"。

母亲会画花，会绣花，会剪花，她画的、绣的鞋垫、枕顶、头巾上的花、鸟、蝶、鱼、虫活灵活现。春节，她剪的牡丹盛开、鱼儿闹莲、鸳鸯戏水、松龄鹤寿、猪八戒背媳妇等剪纸，贴到窗上、柜上、纸缸上，增添了节日喜庆的气氛。母亲做的茶饭是方圆出了名的，谁家过事，提前请她主厨，传统的 13 花碟子亲手配，12 碗席亲手做。酿黄酒最拿手，她酿的黄酒色黄、味正、劲大、醇香，总是让人喝不够。她还懂治病单方，是方圆知名的土郎中。

我的一生是在母亲呵护和关爱下成长的。自我记事以来，从 1 到 10 的数字是母亲教的，上学书包是母亲一针一线做的，参加工作后如何做人做事也是母亲一言一句嘱咐的……

我家是独庄头，距小学有 8 里远，而周围一里多没有住户。我入学时，母亲连续几个星期送我到学校。以后的日子，她和奶奶早上轮流送我到邻居家攀伴，放学前又到邻居家等着接我，生怕路上被什么吓着。一天放学后，我和几位同学在路上玩耍，不觉太阳落了山，正在焦急，哭成泪人儿的母亲出现在眼前，她埋怨了几句，领着我往回走。母亲说，她接不到我，把周围人家全找遍了，还去了学校。我知道自己错了，心里很不是滋味，当场向母亲保证以后不再贪玩。母亲会心地笑了。还有一天，我受凉得了胃痉挛，肚子疼得直打滚，母亲焦急地背着我，跑了七八里路，找到一位懂单方的老奶奶为我看病。之后，母亲拜老奶奶为师，学会了许多治病单方，还把这些方子传授给了我。

那时我家很穷，兄弟姊妹穿的衣服多半是大人穿过后再次改装缝补而成的。那年秋季，母亲把父亲穿了几年已破得不成样子的毛衣改装后用毛袜腰子缝补了让我穿。到学校后老师让我站出来，指着我穿的毛衣对同学们说：大家看看，清湘同学穿的毛衣缝补得多好，再看看你们那个邋遢样。每当想起这件事，那首《游子吟》的诗句下意识在我脑海里回荡：慈母手中线，游子身上衣。临行密密缝，意恐迟迟归……这不正是母爱的真实写照嘛！

上中学学校更远，距家 60 里开外，每学期母亲都要给我送几次干粮，途中要过一条大河，过河要穿越一座木橼搭建的独木桥。那年春季河冰刚刚解冻，母亲又给我送干粮来了，我看到她裤腿大半和鞋子全湿透了，冷得直打哆嗦，便与她到校外一角落用柴火烤。当我问及母亲衣服咋湿的，她幽默地说：今儿过河中了邪，刚到中间桥跑了，妈一追桥扑了个空。我迟疑地问：桥怎么会跑呢？母亲笑着说：呱娃，桥不会跑，觉得晕水了，觉得桥跑了。说着，我们哈哈大笑。

1984 年 10 月，我被录用为四合原乡政府干部，母亲得知这个好消息，高兴得一夜没有入睡。上班那天，她赶着毛驴驮着铺盖行李，一直送我到单位。途中反复叮咛：清湘，咱们一家人上几辈子都没一个工作的，咱们村子里只出了个教师，你这次幸运当干部了，但你一点都不能骄傲，一点都不能占便宜，好好工作，好好做人。我说：儿子一定听妈妈的话。到单位，母亲帮我打扫了宿舍，铺好床，把生活用品摆放整齐才回家。那时我工资还不到 40 元，母亲怕我吃不好，有空就送吃的，还不时给我零花钱。1997 年 7 月，组织任命我为秦团庄乡党委书记，母亲再次叮咛：清湘，这次你提了官，工作干得好，妈很高兴，但书记是一方父母官，你要端平一碗水，爱护老百姓，不能爱钱。我说：妈妈，我是农民的儿子，

作者与母亲在西安

您的话句句记在心上。正因为母亲谆谆教诲，使我在各个岗位工作近 40 年，努力做到勤勤恳恳、兢兢业业，没有犯过错。

"即使有人左肩荷父，右肩荷母，行千万里，也不能报答父母养育之恩。"受此名言哲理感悟，参加工作后，我努力恪尽孝道，给父母买东西，给父母零花钱，陪父母逛逛街、说说话那是常事，邻居都夸我是个孝顺儿子。2003 年父亲临逝前对我说：儿啊，爸这一辈子性格孤僻，和子女交流少，老年也享福了，就是

到外面转得少，你妈身体还好，有空陪她出去散散心。父亲的话使我很惭愧，同时让我明白了许多道理：孝敬老人不只是让他们吃好、穿好，还要让他们有个好心情。父亲过世后，我尽力为母亲创造出游和到亲戚家转转的条件，也算是尽孝的一点小小行动。

东老爷山是国家 3A 级旅游景区、陕甘宁周边知名的道教名山，每年农历三月初一到初三要举办传统庙会，远方亲戚大都不约而同上山敬香。其间，我总是陪母亲上山逛庙会，让母亲有条件和亲戚说说话。

2010 年"五一"长假，我陪母亲在银川河东机场乘坐飞机到了北京，参观了天安门广场、毛主席纪念堂，游览了故宫、动物园、国家体育场和颐和园，圆了她坐飞机、瞻仰毛主席遗容的梦。在此前后，还抽空陪母亲到了西安、兰州、银川，游览了大雁塔、钟鼓楼、五泉山、影视城等旅游景点。我尽力做到这些，让母亲很高兴，但与母亲养育之恩相比那只是沧海一粟，微乎其微。

母亲走了，永远不会回来了。如果有冥国，她一定很快乐。因为不论到哪里，她人格品质是第一的，贤惠善良是第一的，勤劳质朴是第一的。好人一生平安，好人逝后也一定平安。

（刊发于《速读》2019 年 3 月下，荣获第五届"中华情"全国诗歌散文联赛金奖）

带女儿上学

老天有心送了我千金，还捎带了个好运。女儿降生那年，我正式参加工作，成为乡政府一名干部。在单位我担任秘书兼管灶，有时忙得不亦乐乎，一年很少回老家。我对女儿牙牙学语、蹒跚学步几乎没有印象，只有春节放假才有机会抱抱她、亲亲她。

日月如梭，光阴似箭，不觉女儿已满8岁，在距家2公里远的小学上了学，好的是有一路同行的侄女、侄子、外甥女几位同学做伴，让大人少操了许多心。

教学方面一直以来农村弱于城市，而偏远农村的小学更差一些。大忙季节，两半户老师总是早起耕一会儿地才赶往学校，上完几节课算是完成当天任务，下午早早放学回家继续干农活，也不布置家庭作业，学生主要靠天赋和自学，因而农村娃能考上大学的寥寥无几。

父亲吃苦耐劳，一辈子不会闲，"吹风就扬场，下雨就打墙"的形容并不为过。家长闲不了，家人自然不能闲，就连女儿也不敢闲。她放学后自觉替换大人放羊、放牛，星期日和大人一同早起，包干摘完当天要摘的黄花，挖一筐猪草，午饭后又要当羊倌、牛倌，成了家里的半达子劳力，看书、写字根本没有时间。

女儿脑子不笨，但学习成绩不断下滑，三年级期末考数学勉强及格，语文只考了56分。问其原因，她总是低头无语，厉声训斥就哭鼻子。我经再三考虑，说服了父亲，将女儿转到了县城唯一的小学——环城小学就读四年级。

那年我月工资刚过200元，和女儿一同上政府大灶，正餐一小碗汤面5角，一个馒头2角，一份炒菜1元5角，羊肉、排骨之类的根本吃不起，只能啃馒头，就这一月工资几乎吃完，零花钱都缺了。女儿吃不起早餐，更谈不上买零食。记得一次朋友送我一袋红元帅苹果，我带回放到床

作者与女儿

底下，每天只准女儿吃一个，而从未有过这样待遇的她已感到很欣慰、很满足。

面对经济窘迫的困境，大灶上不起了。无奈之下，便在住宿房间起了小灶。之前母亲曾教了我简单的家常饭做法，但自己操作起来很不拿手，擀面片煮成糊浆子、馒头蒸成"黄元帅"那是常事。就这样，好一顿、差一顿、饥一顿、饱一顿，只要不生吃闹肚子已算万事大吉。

我的宿舍在4楼，无条件搭建锅台，只能偷着用电炉子做饭。电炉子耗电量大，电路保险丝经常被烧断，影响一层近20个房间的照明，我不知道别人咒骂了多少次。记得一天下午正在蒸馒头，不巧电工检查电路，我急忙切断蒸锅电源，与女儿像做了贼一般畏缩在房间一角不敢吭声，几分钟后，锅里馒头好似得了皮肤病一般，青一片、紫一片。

小灶生活尽管忙忙碌碌，但米、面、油、洋芋从家里拿，平时就买一点小菜。一年下来，我的做饭手艺提高了，手头也宽松了许多。其间，还锻炼了女儿的自理能力，衣服自己会洗了，洗锅、拖地、抹桌子的家务也会干了，简单的饭也会做了。

女儿自幼比较懂事，上学环境改变了，她学习压力很大，尤其是受农村小学方言的影响，普通话要从头学起。她也知道学习成绩上不去，首先对不住带她的父亲，更无法向爷爷、奶奶、母亲交代。于是，她从踏进新校区那一天起就埋头学习，熬夜下苦功，很少玩耍，我好多次半夜醒来，看她还在认真写作业或背诵课文，活泼的个性也变得沉默寡言了。

她努力了，她进步了，四年级学习成绩位列全班中等，五年级位列中上，六年级进入前3名。看到这些，我的心里乐开了花，买了7尺红色金丝绒，选缝纫部为她做了一身蝴蝶服奖励。看着穿蝴蝶服的小公主，看着优秀的小学生，我的心里有说不尽的畅快。

女儿上初中那年我受命赴乡上任职，侄女也转往县城上学，姐妹俩相依为伴，自己做饭，学业的事我也关心不多了。以后的日子，她凭着自己的毅力，顺利上完初中，考上了高中，考上了大学，参加了工作，成为一名国家干部。

现在女儿常对人说，如果不是父亲带她到县城上学，她一定考不上大学。

（刊发于《精短小说》2018年第5期）

写作路上遇恩师

1978 年高考落选回家务农两年后，姐姐硬是让我复读再考，我继续选考了理科。领到课本后我傻了眼，数学、物理、化学书比上高中时厚了一倍，新内容增加了三分之一，英语、生物从未接触过。面对这些难题，我时有放弃复读的想法，但姐姐坚决不准。第一学期，尽管我付出最大努力，但好多知识还是一知半解，甚至是囫囵吞枣。第二学期过半，进步仍然不大，测试成绩在全班中下。

一天，教语文的许老师布置了命题作文《我的理想》，我用心写了1500 多字，想不到这篇作文引起了他的极大关注，在课堂上被他当作范文给同学们读，还点评了一番。晚自习，他把我叫到办公室说："清湘同学，你文字功底不错，怎么选考理科？考文科多好。现在距高考只有一个月了，换科已不现实。你再复读一年，家里管吃的，我负担你的学习费用，下一年一定能考个好大学，你看咋样？"我当时没有定下来。

高考又一次落选，其实是预料之中的事。许老师又叫我到办公室，鼓励我继续复读。

当时农村包产到户，家里正缺精干劳力，我想到母亲多病，父亲一个人干农活连个帮手都没有，而自己两次落选，真的不好意思再复读了。于是，我婉拒了许老师，决定回家务农。许老师很惋惜，分别时送我一本签着"高考阅卷纪念"字样的塑料皮笔记本、一本长篇小说《红岩》、一本散文集作留念，鼓励我进入社会多读文学精品，多背唐诗宋词，在农村的广阔天地丰富生活阅历，多写多练，走文学创作道路。

许老师的谆谆教诲我牢记在心，务农 6 年，工作 30 多年，我始终把看书写作放在第一位，阅读了上百本小说、散文、传记，记写好词好句 30多万字，有空就写稿、投稿。现在，我正式出版了两本散文集和一本《陇东民歌小曲》，在报刊上发表了 300 多篇文学、新闻作品，获奖 20 多次，

作者（左）与许老师在文昌阁

成为中国散文学会会员、西部散文学会副主席、甘肃省党史学会理事、甘肃省作协会员。看着文学方面的殊荣，我内心十分感激许老师，是他给了我鞭策，给了我鼓励，带我走上写作之路。

如今，许老师年过古稀，为感恩他的启蒙，2012年12月，我前往西峰区董志镇南庙村看望了他。在许老师老家简陋的书房里，我看到5个大书柜摆满了各类书籍，一张桌子垒有一米多厚的个人书法作品。许老师除了两鬓斑白外没有多大变化，眼镜挂在高高的鼻梁上，和善的面孔，慈祥的眼睛，沉稳的谈吐，儒雅的风度不减当年。他说自己没有娱乐爱好，每天看两小时书，写两小时字，从未间断过。分别时，许老师送我一幅他亲手书写的小楷《出师表》、一册小楷书成的104页亲历随笔《古稀陈情》和一台古旧石砚。我特邀他春暖花开到环县游玩，他畅快地答应了。

返回路上，天上飘起了雪花，是那么的洁白，那么的漂亮，那么的唯美。

2013年端午，许老师打电话说他到了环县，我怀着激动的心情在车站接他，并联系了几位同学为他接风。在餐桌上，许老师幽默风趣，师生们有说有笑，其乐融融。许老师在环县3天，我用心陪他游览了山城堡战役纪念馆、河连湾陕甘宁省委省政府旧址纪念馆、东老爷山、文昌阁。随着照相机"咔嚓"的快门声，一张张精美的合影照，一张张开心的笑脸，定格了情意浓浓的师生之情。

（刊发于《陇东报》2018年9月10日）

农民书记

　　参加工作头一天就见到了乡上一把手书记。一顶鸭舌帽汗迹斑斑，一件中山服蓝里透白，一双条子绒布鞋已磨破了皮，说起话来粗声土气、山里山气，与想象中的书记相差甚远，俨然是个老农形象。听同事说，书记是从生产队长一步一步干上去的，人们习惯叫他农民书记。

　　一天，书记对我说：你年轻有文化，就当乡文书兼管大灶吧！那时乡干部少，书记和我、一位女同志、炊事员留守机关，其他人驻村包队，吃住在农民家，几乎十天半月才回单位。这样，我既是乡上大管家，又是书记通讯员。

　　书记长我20多岁，他虽平易近人，但我见了总是胆怯，像老鼠见了猫一般，说话战战兢兢。书记看出我的心事，闲暇时约我们打打扑克，带我到附近农民家了解生产生活情况，讲身边发生的故事。春暖季节，和我们一道在机关院子空地栽树，种植花草蔬菜。看着树活了、草绿了、花开了、蔬菜成熟了，他很激动，即兴吟了"迎面苍松翠柏，满园鲜花盛开"的诗句。往来互动多了，畏惧、拘谨慢慢消除。

　　书记管理机关很严，安排工作像农家老掌柜给伙计派农活一样，一件一件叮咛得很细。干部汇报工作要直截了当，不准讲大话、空话。对工作漂浮的干部从不留情面，常用"不干了回去给婆娘抱娃去"等粗话训斥。手下人都知道他刀子嘴、心地好，从不计较。但有一点大家很清楚，如果布置任务完不成就等着挨批受罚。那年，我就深有体会。一天，书记让我给村支书捎信，通知回乡开会，一位支书没有接到信缺了席，他命我连夜到他家里去叫。我知他说一不二的脾气，遂拉着木棒摸黑步行往返50多里叫来了这位支书。第二天他问我：路上害怕了吗？遇见狼就放火，遇见狗用棒捣。语气既幽默又关切，还让我无意中学到了走夜路的常识。

　　书记对干部学习抓得很紧。他说自己只上了两年小学，识字太少，一次在县上开会，县长让他读报纸，他把"打烂苏修乌龟壳"念成了"打烂苏修鸟鳖壶"，闹了个大笑话。他还说，数理化他不懂，唐诗宋词是经典，要我们多背诵几首，把好句子记到本本上，他要检查。一天，他翻我本本，看到"近水楼台先得月，向阳花木易为春"的句子还批了我一顿：刚参加工作就想利益，那还行？命我把那页撕掉。

书记生活简朴，就是爱喝酒，虽酒量不大，但每天都要呡上二三两，专要喝西安大曲酒，他说一天不喝就没精神。他喝酒从来自己掏腰包，有时一月工资因买酒入不敷出。记得那年半月有余他没有唤我买酒，正在纳闷，无意间发现办公桌上一封信："他爸，来信收到，你说本月生活费没了，要我借你，我不能借，因今年收成不好，卖了点胡麻还要打化肥，你自己想办法，少喝点酒。家里人。"看了这些，我心里好不是滋味，随即给他买了一瓶大曲酒。他看到酒没有推辞，似乎有好多话要说，但最终只说了个"谢"字。十几天后，他硬是还了我掏的买酒钱。

两年后，书记调到县上某一单位当了科长，他幽默地说：这下没事了，我就是驴拉车车凑个数。

十几年前的一天，电话传来了书记去世的噩耗，我特意买了一瓶西凤酒赶到他老家，献到灵堂前遗像旁，给他点纸的那一刻，我的眼眶湿润了。

（刊发于《环江》2018年春刊，荣获"西凤酒故事全球征文大赛"优秀奖、"首届才子杯"文学作品大赛优秀奖）

点点滴滴的感动

几个月，只算计 8 月底剩几天了，总是记不起双休日是哪天。体重减了，皮肤黑了，哮喘犯了，血糖高了，失眠也常常伴随着我。

山城堡战役陈列布展工程终于竣工了。万万没有想到，一个面积不是很大的红色展馆，竟然做成了红色与艺术巧妙融合的绝品。此刻，我欣喜，我畅快，我情不自禁，我热泪盈眶，我要把这点点滴滴的感动记录下来。

2013 年冬，谋划近一年的山城堡战役陈列布展工程公开招标，河南田野文化艺术公司中标承建。在装修中，我感到原设计方案场景累赘、空间压抑，很不如意，如果草草了事我会成为千古罪人，当即有了改变方案的想法。我找到现场施工的肖工、石工沟通，他们都做不了主，引我见田工。初识田工，他高挑的个子有点消瘦，戴着一顶汗迹斑斑的帽子，穿着布满灰尘的夹克衫，白色运动鞋糊得没了样子。我说明来意后他滔滔不绝地说：这个方案做出的效果肯定不好……环县处在黄土高原，在红色文化里融入黄土文化符号，如黄土窑洞……展馆不是很大，吊顶要抬高，给人以空间感……柱子太多，要巧妙处理……场景视屏太多太繁……他与我的想法不谋而合。

新的方案策划设计工作由此开始。为方便沟通，山城堡战役纪念馆多了一张田工的办公桌。在电脑前，在灯光下，我与田工细心研究每一步方案，细心探讨每一组关联，细心斟酌空间、走向、色调、版面、雕塑、场景、文字、图片的每一个细节。工作人员小黄负责服务工作。时间一秒、一分、一天、一周地过去了，大家没有节假，没有周末，几乎没有休息。其间因版面设计问题，我急躁的个性和过头的言语中伤了田工，他两次拂袖而去。但为了共同的目标，我们相互谅解了，我们又到一起研究了，我们成了朋友，成了知交。

新的设计文本编制成册虽感觉不错，但时间不够。我曾向领导承诺 8 月底前完成布展，为 9 月初南梁陕甘边苏维埃政府成立 80 周年庆祝活动看点做准备。为赶进度，布展工程紧张地进行着，我和小黄每天要到施工现场，每次遇到田工都是一把泥土、一把汗，他说自己一个月没有洗过澡。一天中午我们在一块儿吃饭，田工怕我嫌弃他的汗味，躲着不想靠我坐。我看出了他的心思，硬是拉了他坐在我旁边。其间，我闻到了一种味，不是汗味，是田工骨子里散发出的艺术芳香。

田工名田耘，小我一岁，是 20 世纪 80 年代湖北美术学院高才生，他本可以和他的部分同学一样，成为名噪一时的大师，成为腰缠百万的大款，但出于对艺术境界的高追求，他放弃了自己认为是浮云的荣誉和金钱，脚踏实地做起了自己想做的事，他说自己愿意做个无名英雄。一天，他将自己创作的"山城堡大捷"硬笔画送给我看，我细细欣赏，细细品味，那场面气势恢宏，空间布局恰如其分，人物刻画惟妙惟肖，此刻我不禁对这位不为名利撼动的艺术大师刮目相看，心想若将这幅画做成群雕，展示在陈列馆里，岂不是最大的亮点嘛！我向田工说明想法，他当即答应，还承诺要画成国画送我。现在这组雕塑陈列在二楼，那天中国电影博物馆党委书记、副馆长陈志强先生看了雕塑后连连称道：好！好！

8 月底到了，虽然大家尽了力，但扫尾工程还未完成，我似乎成了说假话的无信之人，一肚子苦水只有往工队那里泼，田工自然成了苦水"攻击"对象。好的是吉人自有天相，南梁活动定为 9 月 28 日，我下意识想到 9 月 20 日是最后时限。于是，我与田工就工期又筹谋了一番。此后布展工地，白天热火朝天，夜晚灯火通明，我和小黄，还有新到的讲解员小冯、小崔与施工人员一样，彻夜守候。因些许小问题，田工、肖工、石工不时成了我的出气筒子。

9 月 12 日，田野公司项目经理老罗从公司赶到施工现场，他每天除安排工地事务外，从一楼到二楼、从二楼到一楼不停来回走动着，他说自己在一遍又一遍欣赏一幅成功的作品。几天过去了，我看到他上衣布满了灰尘和汗迹，裤子好似牛嚼了一般，还满脸笑容。看了这些，我打趣地对他说：老罗，你这次不会是跑到北方体验生活了吧。他哈哈一笑说：即使体验生活也值得，没想到会有这样的效果，馆里那么多柱子不见了，我好激动啊！

山城堡战役纪念园处在 211 国道旁，路过的人都想转转，他们看了还在施工中的展馆时，相机快门声总是与赞叹声连在一起。一位从福建、江西沿长征路走来的大叔兴奋地说：这是他一路看到最精湛的红军长征展馆。在序厅里，他拿出了在长征路上拍摄连接一起足有 20 多米长的照片带让大家欣赏，还主动邀请我合影留念。一位宁夏中年人路过纪念园时大雨倾盆，车子陷入门口还未硬化的黏泥里，几经折腾，泥浆把鞋子和裤腿糊得不成样子，无奈之下便到展馆转了一圈，他离开时幽默地说：老天爷留下让我欣赏你们的绝活，值了！一位退休老领导赞叹道：有品位，有内涵，真的了不起。一位小朋友情不自禁地说：好霸气啊！当地一老人指着仿制的土窑洞和土房子说：太像了……

9 月 18 日，所有图文全部上墙，声、光、电调试正常，讲解员排练到位。22 日，落成的展馆在绵绵秋雨中迎来了第一批参观者，他们是视察项目建设的环县部分人大代表，评语是：布局合理，脉络清楚，内容丰富，场景新颖，在陕甘宁周边绝对一流。29 日，按照南梁活动日程，200 多名来自全国各地的领导、专家、革命亲属乘坐 4 辆大巴车来到纪念园。参观中，鼓掌声、点赞声不绝于耳。

晚上，本可好好睡上一觉，但我没有睡意。秋雨滴滴答答不停地下着，不停地敲打着我久久不能平静的思绪，年过半百的我干了一件我想干、我爱干、我要干而感觉还干得不错的大事。此刻，我想起了曹操《龟虽寿》里"老骥伏枥，志在千里；烈士暮年，壮心不已"的诗句，以此作为结束语吧！

（刊发于《中国文物报》2019 年 7 月 30 日）

最美车铃声

我上小学时，母亲总是省吃俭用，从牙缝里挤出分分钱给我买小人书。《闪闪的红星》《小兵张嘎》《智取威虎山》《红灯记》《刘胡兰》《雷锋的故事》……不知不觉摆了一抽屉。从那时起我就喜欢上了阅读。

我上中学时，一有空就往学校图书室里钻，《红岩》《林海雪原》《苦菜花》《城南旧事》《啼笑因缘》……让我爱不释手。若发现同学私藏小说，总是缠着借读。煤油灯黑了，我便偷着溜出宿舍，借着月光品读。美丽的文字让我精神愉悦，曲折的故事让我荡气回肠。

我高考落榜后当了农民，利用下雨天上山挖药材换零钱，订阅了《今古传奇》《十月》。干完手里的农活就往书山上跑，有时一夜不睡觉。在邻居眼里，我是个十足的"书呆子"。

那年代农村没有自行车，在乡间小路若听到自行车铃声，那一定是送信、送报刊的乡邮员到了。

记得跑我们大队的乡邮员姓张，不管大人娃娃都习惯叫他小张。小张与我同年，他身穿墨绿色邮政制服，驾着墨绿色邮政自行车，好不帅气。我羡慕他的职业，更喜欢那清脆的车铃声。

1984年10月，我参加招干考试，被录用为乡政府文书。因工作关系，我与小张有了直接的业务往来。每当听到节奏独特、清脆响亮的自行车铃声，我便知小张到了。

我有了工资，省吃俭用攒了钱，订阅了《人民文学》《十月》《当代》等文学刊物，还有单位和同事订阅的报刊，共20多种。每期报刊一到，我便细细品读。读完一张报纸、一本杂志，又渴望下一张、下一期送到，那车铃声成了我美丽的期盼，小张成了我的知音。

阅读之余，我学着写稿、投稿。那时条件差，投稿要用方格稿纸抄好，装进1分钱买的牛皮纸信封里，贴上8分钱邮票，然后通过小张送往县城邮局，寄往编辑部。

那天，小张一进乡政府大门就按响了车铃声。他兴冲冲地对我说："小杜，你的文章发表了。"说着取出一张《甘肃农民报》和两元稿费的汇款单。我手捧着《甘肃农民报》和汇款单，心里好不激动，这可是我的处女作啊！

小张看我开心的样子，嚷嚷着要祝贺。我毫不吝啬地把稿费全拿了出来，到分销店买了一瓶白酒、一包香烟和两瓶罐头，还剩下 6 分。几位同事也赶来助兴，大家一边吃着喝着，一边鞭策鼓励我。

以后我始终把阅读和写作放在第一位，阅读了 200 多本小说、散文、传记和杂志，党报几乎篇篇都看。我徜徉在书的海洋里，孜孜不倦地寻找自己的梦想。

勤奋阅读开启了我的写作智慧，点亮了我的写作之路。30 多年来，我从写行政材料到写消息、通讯、论文，再到写散文、小说、诗歌，一步一个脚印。在《人民文学》《少年文艺》《西部散文选刊》《黄河文学》《今古传奇》《甘肃日报》等报刊发表了 200 多篇作品，喜获《人民文学》美丽中国征文优秀奖、首届"紫云山杯"全国散文征文一等奖等文学奖项 20 多项，是中国散文学会会员、西部散文学会理事、甘肃省作协会员。

看着这些殊荣，我内心感激小张。是他为我搭建了阅读平台，点亮了我的写作之路。是他让我在写作中遇见了最美的我！

快 40 年过去了，茶余饭后，打开记忆碎片，回味小张自行车送报刊的片段，仿佛他就在眼前，那最美车铃声又在耳畔响起！

（刊发于《精短小说》2019 年第 4 期，荣获河北省作协第十届"我的读书故事"征文优秀奖）

记忆中的乡村夏夜

太阳公公从东山跑到了西山，金黄色的影子一截一截收拢着，最后偷偷地躲了起来。多彩的晚霞在归巢的鸦雀叫声中收起了余晖。夜幕悄悄降临，大地慢慢变暗了，田野渐渐模糊了。

田间小路上，我看见父亲扛着农具，母亲赶着牛儿、驴儿、羊儿，踏着蝉鸣蛙声，哼着山歌小曲，向家的方向走来。锄头、镰刀、木犁、羊鞭在门前树杈上歇息了，羊儿进了圈，牛驴入了槽，鸡儿上了架，猫儿调皮地跑前跑后，狗儿亲热地摇着尾巴，欢迎主人从田野归来。

乡村静卧在大山脚下，田野拥抱着农舍，绿树映照着老屋。炊烟从高矮不一的烟囱袅袅升起，一段段、一束束、一团团，被清风吹得丝丝缕缕。

母亲一进灶房就帮着奶奶做饭，随着风箱拉动，一股青烟从烟囱升起，熊熊火焰把母亲的脸庞照得通红，那张慈祥的脸盘上布满了密密麻麻的汗水和烟尘。树皮般粗糙的手忙个不停，重复着一个又一个熟稔的动作。不一会儿，锅台上散发着诱人的饭香，飘着家的味道。

父亲和哥哥忙着将铡完的青草倒进木槽里，牛儿、驴儿津津有味地吃着，时而发出"蹭、蹭"的响声。

奶奶点亮煤油灯，蜡黄的灯光打破了窑洞的沉默，穿透了小窗，映照在院子里。

东方开始发亮，越来越亮，月亮从大山豁口爬了上来，洁白的光芒洒向大地，透过院畔树枝的缝隙，星星点点散落在院子里，与煤油灯光融合在一起，分不清哪个是灯光，哪个是月光。

一阵清凉的夜风悠悠吹过，熄灭了白天的燥热。空气里漂浮着黄土地的气息，弥漫着小麦、豌豆、油菜成熟的味道，流淌着杏子、李子和蔬菜的馨香。

院子里，我们一家人或蹲着，或坐着。饭端了上来，你一碗、我一碗呼噜噜吃着，稀溜溜喝着，鼻尖不时渗出点滴汗水。

饭后，大人在夜风下拉话，我和妹妹追逐嬉闹。月光下，阵阵欢声笑语与青蛙的歌唱声、蟋蟀的弹琴声、蛐蛐的鸣叫声交织在一起，打破了夜晚的寂静，构成了优美的乡村小夜曲。

夏夜是属于孩子们的。在这个神秘、巨大的娱乐场，我们三五个、七八个凑到了一块儿，在老杏树下伸出小手，玩着杠子打老虎的游戏挑选队友，开始捉迷藏。

夜幕下，大家像风一样窜来窜去，大树下、草垛里、柴火窑、老墙后……都暗藏着我们的身影。

萤火虫在空中飞来飞去，将夜晚点缀得五彩缤纷。不知是谁喊了一声："捉萤火虫去！"随着呼喊，我们向闪烁着星星点点亮光的方向追去，将一只只萤火虫抓住，小心翼翼地塞进玻璃瓶里。仿佛那瓶子里装的不是萤火虫，而是我们的快乐和梦想！

大人找不见孩子，知道他们又窜到一块儿玩去了，一下子也唤不回来，于是就呼呼睡去了。美梦将他们带入另一个世界，土炕上不时响起阵阵鼾声。

月光有时来得早，有时来得迟，有时一整夜都不来，但这并不影响我们玩乐的兴致。再黑的夜，那一条通往自家的路绝不会走错。

夜深了，山显得更加深沉，路显得更加幽静，夜显得更加神秘。孩子们散伙了，我和妹妹偷偷溜进院子推开门，悄悄躺在炕上，不一会儿就进入了梦乡。

乡村夏天的夜，很神秘，很浪漫。儿时夏天的夜，很快乐，很恬美。我的影子已渗透进了那些角角落落，抹也抹不去。

老院子

　　我是从偏远山村走出来的，捡起被尘土掩埋的光阴碎片，一个如梦如幻的记忆，一处留得住时光的老院子。

　　父亲过世后十几年我没有在老院子住过。大年三十我回老家祭祖，走进老院子，虽然每一个角落都那么熟悉，但它真的老了。崖面上挂满了藤条，被风刮得摇摇曳曳。满院杂草丛生，黄蒿有半人多高。几间老屋门窗破旧，仍由锈迹斑斑的铁将军把守着。院外半百的老杏树还在，树上喜鹊窝还在，不时有喜鹊飞来飞去，"叽叽喳喳"叫个不停，好似在迎接这位不速之客。

　　打开父亲住过的窑洞，墙面张贴的画虽已残缺不全，但还依稀可辨。从窑掌到窑口依次贴着伟人的画像，还有父亲"造林模范"、姐姐"劳动模范"、哥哥"五好学生"、我的"优秀红小兵"奖状。我试图将这些画撕下作纪念，但刚撕下一张已面目全非，遂放弃想法，让它们为老窑洞做伴吧！

　　老窑洞里堆放着坛坛罐罐、锅锅碗碗，还有铁锨、镢头、锄头、杈头、木犁等生产工具。几张桌子摆放在原位置，桌面上落了铜钱厚的尘土。窑内墙角处蜘蛛正忙碌地织着网，老鼠躲了起来，隐约能看见它们走动过的痕迹。一切一切都见证了老窑洞沧桑的变迁。

　　奶奶说，爷爷英年早逝，爸爸13岁那年他们从一个30多口人的大家庭分了出来，分到一孔窑洞，一家人住不下，就搬到燕儿台的羊场去住。

　　那时正值农业合作化时期，父母白天要挣工分养家糊口，只能下夜工修庄院。运土更难，家里唯一的独轮车坏了，就在地轱辘车上架个箩筐，一筐一筐往外运。母亲说，一次父亲挖窑洞时窑顶坍塌把他埋到里面，她不顾危险挖出父亲，把他背到炕上，看到他面部血流不止，就撕出棉袄袖口的棉花烧灰为他止血，又撒上马皮泡（山里生长的一种植物）粉末消

作者在老院子

炎。庆幸的是父亲没有骨折。父亲刚休息一天又开始挖窑洞了。

我出生那年，举家搬到了新庄院。小时候记得院子里有一间狭小的茅草屋，雨天外面下大雨，屋里下小雨。两孔窑洞没有大窗户，门口上面一个窗眼被烟熏得黑乎乎的。老式木门是父亲自己做的，开关起来嘎吱嘎吱响，很不灵活。窑洞墙面凸凹不平，坍塌处用长短不等的圆木加固。院墙很高很厚，大门用藤条做的。这就是我童年的家。

父母修庄院一直没有停歇过，20世纪70年代末我们兄弟姐妹也加入了这支队伍，建设力量强大了，就扩展了院子东面的土圪崂，挖了4孔窑洞，正面两孔稍大些，一孔做灶房，一孔奶奶住。东西各一孔都很小，窑内盘了土炕。我就是在西面那孔窑洞结的婚，女儿也是在那孔窑洞出生的。

10年后家里盖了两间半房子，土基子砌的墙，串根杨木做的椽，油毛毡盖的顶。顶棚用塑料花纹纸装裱，面墙用废报纸裱糊，再贴上母亲的剪纸，虽很简陋，但在当地已是数一数二的宅子。

时过境迁，光阴似箭。几十年过去了，老院子虽然渐渐失色，但那一孔老窑洞、那一幢土房子、那一棵老树、那一块土墙、那一个角落……永远抹不去我美好的记忆。

（刊发于《西部散文选刊》2019年第6期）

那年那月那些事

岁月如梭，往事随风去了。风向转了，又吹了回来。

学生时代

我家地处偏远山区，祖辈几乎都是文盲，因不识字吃了不少苦头，父母下决心在子女中培养出一个读书人。

在我们村子里孩子大都10来岁入学，而我7岁就进了校门。朗诵着"毛主席万岁！中国共产党万岁！中华人民共和国万岁！中国人民解放军万岁！"我开始识字了。

那时上学不缴一分钱，课本只有语文和算术两门，作业本很薄，基本不够写。老师办法多，他在教室上完课，到院子里画上大小差不多的方块，让学生在方块里写生字，写算术题。同学们早已准备了特殊的笔，有坚硬的小木棒，有废电池的黑色芯子，有歪了腿的小铁钉。废电池芯子顶呱呱，乌黑色圆柱身材，黄铜帽子，在院子能写出黑色醒目的字，我们亲切地叫它"黑秀棒"。上三年级那年，母亲从外祖父家带回一只"黑秀棒"给我，我特别喜欢，感到比其他同学高了一等，走起路都有点飘飘然。就这样，大多生字我是在院子里写会的，算术题也是在院子里验算会的。

升初中考试有些别样，考场设在耿湾中学几间教室里，考生排着队等候主考老师点名参考，当场出题，当场答卷，当场打分，当场确定是否录取。我被第一个叫了进去，考语文时默写了一首毛主席诗词，考算术时做了一道应用题。主考老师当场公布，我被录取了。

那个年代国家倡导勤工俭学办教育，课余劳动是学生必修课。我上初中时学校经营着几十亩校田，均由学生耕种、收割、打碾。大忙季节，学校要组织学生帮助生产队积运肥料、植树造林、收割粮食。假期学生也要参加生产队集体劳动，队长根据学生劳动情况写上评语，开学报到时由学生交给班主任，作为评选优秀和升级的主要依据。

记得那年春天，学校组织我们到距校址50华里的东老爷山植树造林。东老爷山是陕甘宁周边闻名的道教名山，山上有十几座庙宇。为就近上课和吃住，我们在祖师大殿支起黑板当教室，其他庙宇当宿舍，禅堂当灶房。根据老师安排，大家轮流打柴禾，轮流烧水做饭，早上上课，下午栽树，连续一月有余。

上高中时遇上了学校搞基建，我们自然成了小工。其间学校根据用工情况，安排班级指派学生参加和泥、打基子、搬砖瓦、抬木料等劳动。农忙季节，我们又去生产队参加积肥、耕种、收割、打碾等农活。在劳动实践中，我学会了犁地、收割粮食和烧水做饭，提高了自身能力。

说起做饭还有一段有趣的故事：那年，我和几个同学合租了学校就近农民家窑洞住宿，在院子里砌了锅头自己起灶做饭，吃得比学校大灶好了许多。那天，一位学友说要到我的小灶改善生活。放学后我早走一步，生了柴火，煮好洋芋汤，把仅有的一碗多麦面加水揉成面团，擀了一张面片晾在院子几张废旧草纸上，便去窑洞取碗筷。待我返回时，惊见一条黑狗在吃面片，我愤怒地赶走了它。转眼一看，糟了，面片一小半被狗吃掉，剩余的参差不齐，还沾了不少狗的涎水。扔掉吧，面袋已空空。无奈之下我瞒了学友，把剩余面片再次揉成面团，重新擀了切成面条。虽是狗吃剩下的，我们还是吃得津津有味。

上高二那年国家恢复了高考，升级、升学由冬季改为夏季，我们那一级延长了一学期毕业。这学期在老师辅导下我们从

作者16岁

高一重新学起，虽然大家努力了一番，但高考时全级全部落榜。想着一个只有 16 岁的我将要成为一名社员时，心里有说不出的酸楚。

当会计那年

那个年代高中生很是稀罕，我回乡不久有幸被大队支书看准，刚满 17 岁便当上了生产队会计。

一个月满星繁的夜晚，母亲坐在院子里郑重地对我说：兴儿，你别小瞧会计这个菜籽官，权力大着呢！队里社员挣了几个工分，分了大小点口粮，领了几块几毛几分钱，都在你的本本里。你要公公道道，端平一碗水，万万不能亏人。我当即向母亲做了保证。

大集体鱼龙混杂，干农活时迟到的、早走的、偷懒的人还真不少，咋个公道呢！我苦思了一番，便准备了个本本，把社员每天出工时间、干的活路、劳动强度、应挣工分记录在册，到汇总工分时把记工员多填的一一扣减，还张榜公布，赢得了大多数社员的赞同。

一天，生产队班子开会，队长首先开了腔：今春全公社集中在虎家沟打坝，划了咱们队一个民工，这次队上领导要带头，副队长、保管年龄大就免了，会计年龄小怕吃不了这个苦，我决定去当修工。副队长马上插了话：当前是春耕大忙季节，社员吃呢喝呢都在你脸上瞧呢，你走了农业生产咋办！我看还是会计去，人家有文化，说不准在工地里还能混个连文书当当。保管接着说：副队长说得在理，年轻人去了也是个锻炼。

修工出发前一天，队长找了个茶饭好的人家，烧了黄酒，炸了油饼，说是专门为我送行做的。饭间他说：这次本不该派你去，但社员意见大，说队上干部有啥权力不出工，你去若吃不了苦就给我捎个话，我马上派人换你。他说得很委婉，似乎有同情我的意思。

虎家沟距我家 70 多华里，天蒙蒙亮我便打起背包，在背包后面插上一把铁锹启程。路上走一会儿缓一会儿，到了工地天快黑了。我找到营部办公室报了到，领了饭票，连文书带我去不远处一孔窑洞里住宿。

窑洞修成不久，没有抹面，墙面上镢头痕迹还在。窑洞没有门间，门口立着几捆阳麦柴堵风寒。窑洞没有土炕，地上铺了一层麦草。看来看去，咋像农家的狗棚子。狗棚子只卧一个狗，而这个像狗棚子的窑洞要住十多个人。

连文书看我呆呆地站着，有点不耐烦地指着一个空位置说：你就住那！我"嗯"了一声，打开背包，取出随我上学时用了5年的牛毛毡铺到麦草上面，将被子折叠起来放在一旁。这就是我这个民工生活起居的小天地。

月亮升了起来，我站在院子一边张望，几十孔高低不齐、大小不等的窑洞摆在靠北向南的阳坡上，在月光照耀下像蚂蚁的洞穴。不足一丈宽的院子里人头攒动，吵闹声不绝于耳。不一会儿，我的室友陆续走进窑洞，大家谁也不嫌弃谁，一个挨着一个躺着。有的一边抽旱烟一边谝着干传，有的一边按跳蚤一边哼着小调，简陋的窑洞溢满了傻乐的气氛。

挨着我睡的工友是个性格开朗的中年人，他问这问那，很快与我混熟了。他滔滔不绝地说：工地有大灶，每天免费供应两餐，每餐半斤黄米饭或两个一揽子麦面馒头，工分也比生产队多三到五个，有力气的人都乐意在打坝工地干……不知他说到哪，我已入了梦乡。

第二天一大早，随着悠扬的军号声响起，三五一群的民工火速赶往打坝工地。我不敢怠慢，往兜里塞了馒头，扛起铁锨，融入民工队伍中。

打坝工地好不热闹。

坝头两旁坡面上，几十面红旗迎风招展，白灰刷写的"学大寨，赶大寨，大寨红花遍地开。""毛泽东思想胜利万岁！""大干加苦干，下雨当流汗，刮风当电扇"的标语醒目显眼。两只高音喇叭不时播放着嘹亮的红歌和上一天工程进度情况通报。

工地上人山人海，镢头、铁锨在民工手上飞舞着，架子车在民工手里飞跑着，石夯在民工手中跳跃着，热火朝天、挥汗如雨的劳动场面随处可见。"学大寨（呀么嗬嗨），赶昔阳（呀么嗬嗨），敢叫那日月（呀吱青），换新天（呀么嗬嗨）"等夯歌响彻云霄。

为赶进度，营部要求每人每天完成夯实的垫土层5方，每方记3个工分，早完成早收工。我因年龄小、身体弱，推架子不稳，动不动就把土倒在半路上，往车子上土速度也慢，小组长说我影响小组进度，每天只记我4方土、12个工分。

就这样过了10天，从没吃过大苦的我两手打满了血泡，全身像散了架一样。挨着我睡的工友说：好乡党呢，你年龄那么小，又是生产队会计，你们队那么多精干劳力，队长咋会派你来当修工呢！你快回去找他说理，把你换下来。

工友的话触动了我，第二天我真的离开了打坝工地。我见到了队长，他很不高兴地说：你怎么跑回来了。我说：你是队长，我是会计，我们都是生产队干部，带头大家都要带头，我已干了10天，你也去干上10天。也不知哪来的勇气，我说的话还理直气壮。

队长无奈，又派了一位社员顶了我。

秋季一天，大队召开社员大会，一位副大队长点了我的名：嶤岘生产队会计修工跑了，这是一个严重的问题……不久，我的会计职务被罢免。

卖农产品

包产到户没几年，农民吃饭问题得到了解决。1983年，我家存粮30多石，4个窑洞的大囤、小囤、麻袋装得满满的，有的都快要发霉了。

10月的一天，父亲派我卖豆子。

那时只有国营粮站收购粮食，而就近的河连湾粮站距我家70多华里。鸡还没叫，我便赶着两条各驮着150斤左右黄豆的毛驴出发，一路上不断吆喝着，总嫌毛驴走得慢。

下午2时许到了粮站，眼前上千平方米的院坪里卖者来来往往。有的在等待验货，有的在过风车，有的在上磅过称。顺着工作人员指点的路线，我揭掉口袋，拴好毛驴，依次排队等候。大约两个时辰，一位矮胖的收购员走了过来，我打开口袋，他便伸手抓了几粒，斜着眼睛用嘴咬了咬说：太湿了，晒去。我没有良法，选了院坪一个角落将黄豆倒了出来，用手摊开，不时翻腾着晾晒。过了3个小时，太阳马上落山了，我再次找到那个收购员，递给他一支香烟央求他验货，他抓起豆子咬了咬，不耐烦地说：还湿着呢，收不上。

原打算返回换着骑那两条毛驴，而豆子没卖掉，就近又无亲戚家住宿，无奈便连夜返回。一路上，我腰酸腿疼，疲劳不堪，可怜两条毛驴浑身如水淘了一般，还艰难地前行着……

11月间，父亲又派我去环县卖羊。

环县距我家走山路约80华里，为早些到达目的地，半夜我就起床，用洋红在20只山羯羊角上做了标记，背起干粮，甩起羊鞭，赶着羊儿，沿着最捷径的羊肠小道前行。

山羊不比牛驴骡马，根本不会沿路行走，一会儿上山，一会儿下洼，一会儿又窜到了小麦青苗地里。那年我20岁刚过，血气方刚，虽经百般折腾，却无太多疲劳。下午3时到了环县羊畜收购站，但见偌大的市场，羊群一堆一堆的，有千余只。几个戴着红袖章的收购员跑来跑去，忙得不亦乐乎。我在一旁等了大半天，总算盼来一位走路有点瘸的收购员，他将我赶的羊打量了一番说：太瘦了，收不上。说着又到另一家去了。我让熟人帮我看羊群，跟着那个收购员看个究竟，另一家羊比我赶的羊还瘦却全部收购。我愤愤不平，正欲上前质问，却被在场的我的初中同学拦住了。他说：听诊器、方向盘，谁都惹不起收购员。你没听过吗？这样吧，我收购站有个亲戚，我求他帮帮忙。不一会儿，一位面目赤黑、圈脸胡子的成年人走了过来，他瞧了瞧我的羊群，从中选了5只分别抱了抱，说：就收5只吧，你到那边过称。

11月日头最短，不觉太阳落山，我不敢怠慢，随赶着剩下的15只羊，借着月光原路返回，一路上狗吠声不绝于耳，打破了夜晚的寂静，也为我壮了胆。子夜，路过一远房表兄家被拦着住店，表兄让他老婆给我做了酸汤白面片，累了、饿了，这顿饭吃得好香。

第二天一大早，表兄意欲买我15只羊，经讨价还价，每只20元成交，比环县少卖了3元，但他只有100元现款，说过两个月再还我200元。当时我想，就两个月嘛，家里也不急着用钱，就答应了。

20只羊总算卖了出去，回家后本可好好睡上一觉，但万万没有想到10只羊的现款没拿回家，差点被父亲赶出了门。

露宿打碾场

包产到户后农民碗里的饭稠了，精神生活却十分匮乏，村子里很少演电影和大戏，只有过会才可看上一两场。

说起看戏还有一段有趣的故事：那年，公社组织劳力修一条四合原通往耿湾的公路，移动土方全靠人工和架子车，这样一修就是一个多月。工地里没有可娱乐的去处，民工闲了只能凑在一块打打扑克，谝谝干传。

那天，一工友说耿湾过物资交流大会，提议凑几个人一块儿看大戏，我自然是其中一员。散工后大家步行20多里到了会场，各自掏了5角钱

20岁时的作者

买了戏票走进了戏院。院子不是很大，却人山人海，好不热闹，认真看戏的、拉闲叙旧的、打情骂俏的、撩猫逗狗的，可谓形态各异。猛一声《铡美案》包文拯唱段："王朝马汉吼一声，莫呼威往后退，相爷把话说明白。见公主不比同僚辈，惊动凤驾理有亏……"将我带入了戏的世界，戏外精彩随与我无缘。两个多小时大戏谢幕，熙熙攘攘的人群将同伴冲得不知去向，看戏的人相继向家或亲戚家方向散去。会场行人越来越少，而我就近无亲无故，到哪住宿心里无算。苦想了一番，便到小卖部买了瓶大曲酒，向一家不要店钱的打碾场借宿。

9月下旬，秋田大都上了打碾场，这家场上就有数十堆大垛、小垛。为了保暖，我便拉了些粮食捆子垒成小洞钻了进去。躺在松软的禾草上，抿了几口小酒，不觉入了梦乡。

晚秋后半夜，我被悄然而来的冷风冻醒，拖着步子到场畔小便，惊见一人影晃动，原以为是场主家的人，正欲上前道歉，走近一瞧，原是一同看戏的民工伙伴，他和我一样，也在同一打碾场上借宿。

此刻，一个村子的人，却有相见恨晚的感慨。在繁星陪伴下，在月光映照下，你一口、我一口饮着美酒，聊着人生……

（刊发于《西部散文选刊》2018年第11期，荣获《西部散文选刊》2018年精品奖）

赶　集

　　20 世纪 70 年代末，环县四合原乡有了每月逢 5 的集日，这天，左邻右舍的村民吆喝着结伴去赶集，在集市上把自产的东西卖出去，买回急需的生产生活用品。看着他们赶集归来手里大包小包的，总觉得那么惹眼。于是我心里盘算着，哪一天也能赶一回集。

　　腊月刚下过雪的一天，母亲说距过年是最后一个集日了，决定带我赶集置办年货。为赶时间，母亲半夜起床，喂饱毛驴，收拾东西，天不亮我们就出发了。路上，母亲赶着毛驴，拿着手电筒照亮山间崎岖小路，我紧跟其后。黎明前的大山有些寂静，只听得踏雪的沙沙声在山间响彻，只看得一串串深深的脚印向远方延伸。天渐渐亮了，我们已翻越一条深沟，爬上了 3 道大梁。在路上，不时遇见三五成群赶集者与母亲搭话，母亲向我介绍：这是你姑大，那是你舅爷，但我都不熟识。

　　3 个多小时我们到了集市，但见不到千米的土街道已人来人往、车水马龙，好多摆地摊的已占道经营，叫卖声、讨价还价声不绝于耳，拥挤的人群总是走走停停。母亲拉着毛驴，我在后面吆喝着，足有一小时才到供销社排队卖掉一驮胡麻。接着母亲选了显眼位置摆摊卖掉了两只活鸡和 50 多个鸡蛋。置办年货更是拥挤，从街南头挤到北头，两个多小时才买到了一瓶白酒、一斤水果糖、2 斤花生、3 副春联、1 串鞭炮和一些日用品。3 点过后我们还没吃饭，肚子饿得咕咕叫。在一家油食摊点前我们坐了下来，但见金黄色食油在大锅里翻滚，一个个黄灿灿的油饼好似鱼儿跳跃，从锅底钻了出来，一股股馨香扑鼻而来。母亲说：儿子，今个不限量，尽饱吃。那时农民生活水平低，一年到头只有过年才可吃上油饼，赶了一趟集，多吃一顿油饼，算是一大口福。

　　冬天日子短，不觉太阳距西山只有一竿子高了。我和母亲原路返回，到了那段难走的山路时夜幕已降临，母亲仍旧拿出手电筒照着，我们深一脚浅一脚朝家的方向迈进。

　　去年回老家路过乡街道，恰逢集日，我下了车子，徒步逛集。映入眼帘的是笔直、整洁、宽敞的街道，两旁停满了车辆，熙熙攘攘的人群一眼望不到边，几十家门店买者爆满，一家挨一家摆地摊的商贩生意兴隆，讨价还价声不绝入耳。赶集的无论是老年人还是年轻人都衣着整齐，繁华的集市洋溢着快乐、幸福。

　　赶集确是我生活中的一个乐趣，因为它记录着我成长的脚步，也反映了新农村的新变化。

（刊发于《陇东报》2019年1月18日）

幸福小院

去年仲秋一天周日，侄子打电话邀我到老家喝酒，我与从广州返回探亲的老耿、小吴两个姨弟一同前往。

车子从县城出发，在山路弯弯的柏油路上行驶，把一座座大山、一片片残原、一条条沟壑、一个个崾岘丢到脑后。

忽而，一曲《黄土高坡》里的歌词"我家住在黄土高坡，大风从坡上刮过，不管是西北风还是东南风，都是我的歌，我的歌……"带我进入了沉思：

祖辈为多有耕地选择了偏远山区安家，在黄土高坡上挖了窑洞，开垦出粮田，住了一年又一年，生活了一辈又一辈。他们对生活没有过高要求，"百亩薄田一对牛，老婆娃娃热炕头"是其最大的奢望。但这样却连累了后辈人，出门连路都没有。我小的时候，走县城翻山越岭要步行40多公里。20世纪80年代，乡政府修了通往县城的一条土路，但每遇暴雨就中断，几十天不通车。而我家距乡政府还有15公里羊肠小道，毛驴是唯一的交通工具。我参加工作后每年春节因有大包小包的年货，母亲总是赶着毛驴到乡政府接我。后来调到县城，单位小车偶尔送我一次，但还直接到不了家。记得那年奶奶病重，我请假火速赶回，途中遇到了暴雨，车子打滑不能行驶。无奈，我背起行李，冒雨步行20公里，途中跌跌撞撞，回家后浑身上下如泥猴一般。

"到了，到了！80公里全是柏油路，走了1小时20分。"姨弟小吴的叫声打断了我的思绪，展现在眼前的是两排东西走向的新农村庄院，而东排最北边就是我的新家。

逝者如斯夫！不觉快奔六，恋旧的情结亦越来越浓，想着退休后住在老家，养几只羊，种几畦菜，也是余生的一件快事。

父亲过世后老院子有十多年没有住过，三孔窑洞门窗破旧，两间半土

作者在新家小院

房子屋面已变"W"形，在是维修还是废弃的犹豫中，侄子打来电话说，村上规划新农村住宅，位置在老院子对面山上。听到这一喜讯，我喜出望外，遂报了名。

不到半年，16家庄院建了起来。每家三间正房、一间半厨房、砖院墙、大门楼、养羊棚、院落硬化、水窖配套。侄子为我看家，简单装修了一下搬了进去。

新家布局合理，阳光充足，光线明亮，温馨柔和。半圆形花园里，红红的西红柿、绿绿的黄瓜、紫紫的茄子长得爱人，新鲜的泥土气息、素淡的蔬菜清香迎风飘荡，馨香扑鼻。

客厅单调了些，我将自己绘的以13只猫命名的《十三太保乐呵呵》的国画挂上中堂，增添了文化内涵，客厅瞬间显得古朴幽静。

厨房里摆放着电冰箱、洗衣机，锅灶、压面机、饮水机，全是电动的。打开水龙头，哗哗流水声将我带入孩童年代。

小时候家里只有一口胶泥糊的水窖，夏天，父亲早早挖好水沟，期待老天下一场雷雨，让洪水顺着水沟流进水窖。雨来了，雷声霹霹雳雳响个不停，霎时大雨倾盆，山洪哗哗飞流直下。父亲怕水路被冲断，水窖收不满，又怕水满了冲坏水窖，急着披起毡袄、卷起裤腿跑了出去。母亲怕父亲一个人不安全，随即戴上席棘帽、披上旧棉袄紧跟在后面。他们瞬间消失在雨雾中。雨停了，父亲、母亲像个落汤鸡，而愉快的笑容充盈到他们脸上，是那么的灿烂。天旱了，父母眼巴巴望着干枯的水窖，无奈只有赶着毛驴到深沟里驮水。我上小学时正值农业合作化，父母忙着挣工分，放学后第一件事就是到门前深沟里驮水，而通往水沟的路又窄又陡，稍不留心，就会连桶带毛驴滚下沟去。好的是家里毛驴从小习惯了走山路，到窄处会避让，遇陡坡一气冲上去，到平缓处歇一会儿继续爬坡。往桶里灌水更是吃力，舀一脸盆水，踮起脚尖，举上桶沿，缓缓倒入驮桶。我个头小，灌水经常洒湿衣服和鞋子，夏天还好，冬天很快结成了冰疙瘩，冷得直打哆嗦……

侄子是个大方人，他把足能杀40斤肉、价值上千元的山羯羊宰了。吃饭时，他约了新庄院的邻居、要好的朋友，20多号人坐满了两张桌子。大件羊肉、清炖羊肉、羊杂碎、羊肉包子端了上来，霎时肉香四溢。吃一口，鲜美可口，不膻不腻，余香久留舌尖，那滋、那味，绝了……

接着喝酒，敬酒、劝酒，猜拳行令，可谓酒逢乡邻千杯少啊！

酒过三巡，为活跃气氛，我鼓动大家即兴唱诵顺口溜。

姨弟老耿清了清嗓子说，我带个头，抛砖引玉：环县羊，有特点，吃的中草药，喝的山泉水，睡的是海绵，拉的是六味地黄丸。

侄子说：地椒椒长了几架山，羊吃了地椒椒肉不膻。吃了一碗又一碗，补肾暖胃又保健。党的富民政策好，老百姓日子比蜜甜。

邻居老陈接着说：农民种田不交税，投资种草又整地。养羊种粮有奖励，娃娃上学不交费。油路修到当院里，美丽乡村真实惠。

姨弟小吴兴奋了，他唱道：山呦，还是那座山，变绿了。地呦，还是那个地，变平了。河呦，还是那条河，架桥了。爹呦，还是那个爹，年轻了。妈呦，还是那个妈，漂亮了……

朗诵声、歌唱声、猜拳声、行令声、欢笑声一浪高过一浪，这一切组合成了一首首优美的小夜曲，弥漫着美丽乡村的新庄院，仿佛可以触摸，仿佛可以收藏进脑海。

第二天酒醒，我发现新农村小广场上五星红旗迎风飘扬，愈加鲜艳夺目，将我的新家照得愈加惹人喜爱。

（刊发于《西部散文选刊》2019年第6期，荣获2019年中国西部最佳网络美文奖）

表叔为我当导游

农民节到了，我决定到老家看庄稼去。

清晨，秋高气爽，天蓝云淡，车子在乡村柏油路上奔跑。我向车窗凝望，公路两旁，成片的荞麦、糜子、谷子、玉米、洋芋、葵花丰收在望，美得令人陶醉。农家果园里，苹果、葡萄、桃子、梨儿、枣儿挂满枝头，香得让人垂涎。

不觉到了表叔家，一处布局合理、光线明亮、温馨柔和的新农村庄院展现在我的眼前。表叔前来迎接我，就连他家的黑狗也摇着尾巴表示欢迎。

表叔接我到客厅，让我坐在沙发上，泡了一杯普洱茶让我喝。我细细端详，房子装修高雅，沙发是皮革的，茶几是大理石的，电视机是平板的，冰箱是海尔的，就连一幅中堂都是名人字画。我真的不敢相信自己的眼睛。

饭后我向表叔说明来意，他打趣地说："你这个旅游局局长回老家旅游啦，说明你没忘本。今儿我给你当一回导游，讲讲我家的变化，带你看秋天的庄稼，行吗？"

"那太好了！"我兴奋地向表叔深深鞠了一躬。

"10年前我家日子刚过好，不巧你表叔妈患了宫颈癌，为给她治病我把家里能卖的全卖了，你表叔妈命是救下了，我却成了贫困户。"表叔说着带我到了院子。

"现在农村政策太好了，你看我这3间鞍架房、两间厦房，还有大门楼子、水窖、集流场、羊棚一共15万元造价，就像我这样的建档贫困户才掏1万元。想我那时为修庄子费了多大的力气，还没修个像样的。"

表叔清了清嗓子接着说："那年，我从一个20多口人的大家庭分出来另过，一孔窑洞5口人住不下，我就选在距农田较近的一个阳山圪崂修庄子。那时正值农业合作化，我白天挣工分，夜晚借着月光斩崖面、旋窑洞，在地轱辘车上架个箩筐，一筐一筐往外运土。新庄院修好了，为保暖，两孔窑洞没留窗户，门间子上挖一孔窗眼透气。以后，我自己打基子，自己备料，学着盖了两间半土厦房，但在左邻右舍已算是好宅子……"

随着表叔的脚步，我走进厨房。他指着灶具笑微微地说："现在农村和城里差不了多少，你看我这锅灶、压面机、饮水机都是电动的，自来水都通到水缸里了。"

表叔继续说："那时候，我家只有一口胶泥糊的水窖。夏天，我早早挖好水沟，期待老天下一场雷雨，让洪水顺着水沟流进水窖。雨来了，雷声霹霹雳雳响个不停，霎时大雨倾盆，山洪哗哗飞流直下。我怕水路被冲断水窖收不满，又怕水满了冲坏水窖，急着披起毡袄、卷起裤腿、扛着铁锨在大雨中观望，随时处理水路。雨停了，我像个落汤鸡，但心里却有说不出的畅快。天旱了，我眼巴巴望着干枯的水窖，无奈只有赶着毛驴到一里多路的深沟里驮水吃……"

听了表叔的介绍，我想到父亲当年也是这样的，那时农民真的好苦啊！看着表叔家的变化，我露出了敬佩的目光，随口问道："表叔，你家日子过得这么好，都有啥收入？"

"种 20 亩荞麦、10 亩葵花、半亩洋芋、半亩瓜菜，养 20 几只羊，加上你表弟打工挣的，一年收入十万八万没有问题。"表叔胸有成竹地说着，布满皱纹的脸上露出了灿烂的笑容。

随后，表叔带我到庄院不远处一山包上。

他指着眼前一座山说："这是我们村子比较集中的秋田，今年雨下得好，啥庄稼都成了！"

我放眼望去，条条梯田千层万叠，阡陌纵横的秋田一块挨着一块，一片连着一片。荞麦像云霞一样装扮着山峁，糜谷像金带一样缠绕着山腰，葵花像玉盘一样点缀着山脚……五彩缤纷的秋色错落有致地塞满每一个山山洼洼，好一派丰收的景象。

我穿梭于地畔，糜子黄灿灿，谷子金闪闪，在微风吹动下，一波赶着一波，一浪追着一浪，仿佛要点燃山坡。玫瑰红的荞麦枝头上挂满红口袋、绿口袋、黑口袋，好似要粉饰大地。我置身于美丽的田野里，仿佛要被这丰收的景象所融化。

我和表叔边走边聊，不觉到了他种的葵花田里。我举目凝视，成片的葵花操持着天经地义的金黄，随着微风轻轻摆动。挺拔的葵秆高举着象征尊严的花盘，沉甸甸的果实将葵秆压弯了腰。我细细端详，花盘里小小黄花下排列着整齐的黑葵籽，澎湃着火热的激情，散发着诱人的馨香。我忍不住剥下饱满的籽粒，津津有味地嗑了起来。

表叔看我吃香了的表情，随即拧下 5 个花盘，装在我车上。

不觉太阳接近西山，燃烧的晚霞为田野涂上了一层金粉，把山村装扮得格外艳丽。

别样喝汤

环县过红白喜事，来宾先喝汤，再入席。喝汤不是喝粥或肉菜汤，而是津津有味地吃几碗羊肉臊子饸饹面。饸饹面锅称汤锅，事没过完，汤锅不闲，饸饹面源源不断地端上餐桌。

环县饸饹面选料精细，做工讲究，味道鲜美。到环县农村跟事，最让人向往的是羊肉臊子饸饹面，吃得最香也是羊肉臊子饸饹面。

过事时，厨房里支起两只铁锅，一只汤锅，一只面锅。锅前主厨是村子茶饭最好的妇女。

汤锅前几位妇女忙活着。主厨精选本地山羊肉与洋芋、白萝卜切成同等大的丁块臊子，满满一大盆。往铁锅里倒入羊油混合胡麻油，点燃柴火烧锅。火苗在锅下跳跃着，食油在锅里翻转着，臊子在锅里翻炒着。扑鼻香味冒了出来，加开水滚上几滚，调入葱花、香菜，热腾腾、香喷喷、油汪汪的羊肉臊子汤，满满一大锅。

面锅前多了几条汉子。主厨指导汉子翘面，几十斤上好荞面加上水，翘了翘、揉了揉，翘好、柔顺、回醒。火旺了，水开了，床子支到铁锅上。主厨将面团塞进床舱里，汉子抱起床子，睁大眼睛，伸着胳膊，用力压下去，一根根细长的面条在翻滚的开水锅里盘旋着。巧手妇女用筷子把面捞到碗里，再加上锅里的汤。羊肉臊子面做好了。

餐桌已摆上韭菜、豆芽、咸菜、蒜泥、油泼辣子。一碗碗臊子面在端盘人"油、油、油"的吆喝声中被端上了餐桌。等待喝汤的人没有谦让，没有恭维，争先恐后，端起碗就呼噜噜吃起来，鼻尖不时渗出点滴汗水。有贪吃者，吃着碗里的，看着桌上的。

主人家热情大方，一定要让来宾吃好喝好。一会儿到厨房望一望，喝一口汤，吃一口饭，交流交流；一会儿到餐桌前瞧一瞧，看有没有面，有没有小菜，招呼大家多吃点。看着来宾一个个吃得满心欢喜、打着饱嗝，像是得到最好的奖赏，脸上露出心满意足的笑容。

环县羊肉臊子饸饹面如此受欢迎，不仅仅是因为做工精细，更是因为制作原料与众不同。

环县山场大，养羊多，吃了地椒椒草的羊，宰杀的肉鲜嫩、味美，不膻不腻，补肾壮阳、开胃健脾，增强抵抗力是强项。

荞麦是环县主要粮食作物，入伏前播种，中秋节前后收割。庄稼人面对十年九旱、靠雨吃饭的天时，从荞麦下种那天起，等着、掐着、盼着几场及时雨。

天旱了，庄稼人望着干枯的禾苗，一脸无奈的表情，一副欲哭无泪的怨恨。

雨下好了，荞麦苗绿汪汪，像池塘荷叶；雨下好了，荞麦花粉嘟嘟，像落日晚霞；雨下好了，荞麦秆上挂满红口袋、绿口袋、麻口袋、黑口袋，一粒粒、一串串。庄稼人笑得眼睛眯成了缝。

荞麦成熟了，收割了，上场了，打碾了。毛驴在磨坊转了一圈又一圈，勤劳妇女不停地用笤帚在磨盘上扫着，不停地用面箩隔着、筛着、旋着、箩着。

一袋袋雪白的精粉倒进了面柜。宰一只山羯羊，切一盘羊肉臊子，庆祝丰收的面条下了锅，纯正的羊肉臊子饸饹面端上了桌，一家人吃得畅汗淋漓，喜笑颜开。

最美的汤锅，别样的喝汤。喝出了黄土地的清香，体味了老百姓的勤劳，爱上了环县人的热情。

（刊发于《甘肃经济日报》2020年5月16日）

品　酒

星期日，朋友老李说，他最近给儿子张罗婚事，约几位好友在饭馆品酒，我欣然前往。

各位朋友落座后，老李取出两提酒，说是表弟从山西太原带回来的。

凉菜上齐后老李打开酒盖，为每个朋友斟酒。透明的琼浆玉液流入酒盅，细腻的浓香弥漫雅间，好香！好香！

人称酒仙的老张瞪大眼睛说："老李，这酒我喝过，我弟弟儿子结婚就用的这个酒，国庆节我女儿出阁，也准备用这个酒。"

酒过三巡，老米开玩笑说："老马哦，你今天亏大了，咱们朋友喝了白喝了，又办不了事，还不如留着。"

老李听了这话急了，说："少扯淡，这么好的酒，咱们弟兄们坐在一块儿分享才有意义。"

"这话说得好！来，咱们一起举杯，喝！"老张高声提议。

不觉喝完了3瓶，开第4瓶时老吴挡住了。他说："已经喝了3瓶，够多的了，这3瓶留着。"

老李说："各位朋友，我既然拿来了，都是实备的，今儿咱们喝个醺醺醉。"

为活跃气氛，我提议大家吟诵关于酒的古诗词，展示一下自己的才气。

老张说："我带个头，抛砖引玉。"他说着，声情并茂地诵道，"对酒当歌，人生几何？譬如朝露，去日苦多。慨当以慷，忧思难忘。何以解忧？唯有杜康。"

老米不甘示弱，他绘声绘色地诵道："明月几时有？把酒问青天。不知天上宫阙，今夕是何年。"

老李奋起直追，他情景交融地诵道："酒逢知己千杯少，话不投机半句多。遥知湖上一樽酒，能忆天涯万里人。"

老吴沉着应战，他惟妙惟肖地诵道："李白斗酒诗百篇，长安市上酒家眠。天子呼来不上船，自称臣是酒中仙。"

我说："各位都是才子，一个比一个吟得好。我现在变个花样，讲个杜康酿酒的故事，行吗？"

"行！"大家异口同声地说。

"一天夜里，杜康梦见一白胡子老翁赐他一眼泉水，要他9日内找3个人要3滴血滴入泉中，即可得到人世间最美琼浆。杜康梦醒，发现门前果有一眼清泉，泉水清澈透底。他按老翁梦中指引，出门寻找3滴血。第3日遇一文人，与其谈咏诗词拉近关系后，文人不吝赐血一滴。第6日遇一武士，说明来意，武士二话没说，慷慨赐血一滴。第9日遇一疯子，衣不遮体，疯疯癫癫，他想再等，但期限已到，遂花一两银子，买其鲜血一滴。杜康将3滴血收齐滴入泉中，顿时泉水翻滚，热气沸腾，香气扑鼻，品之如仙如痴。只因他用了9天时间得到3滴血，就将泉水命名为'酒'。"

"噢，原来是这样，怪不得人喝酒时，起初如文人般文质彬彬，过会儿如武士般慷慨陈词，最后如疯子般颠三倒四。原是文人、武士、疯子的3滴血起了作用。"老李恍然大悟地说。

朗诵声、猜拳声、行令声、欢笑声一浪高过一浪，豪言壮语、侃侃而谈打破了夜晚的寂静，组合了一曲欢快和谐的小夜曲，弥漫着整个酒店。

凌晨12时，6瓶酒喝了个底朝天，我们一个个都成了"酒仙"。老李儿子结婚的喜酒也定了下来。

（荣获2019年"我有晋泉·你有故事"征文优秀奖）

杏花的品格

一夜春风,唤醒了沉睡的大地。

我借了外孙的望远镜,站在十二楼阳台向外瞭望,山坡的杏花全开了,粉白色的波浪与天上流云融为一体,分不清是杏花还是白云。

我经不住诱惑,搭上了花蝴蝶的私家飞机,向西山飞去。

我登高俯瞰,黝黑皮肤的杏树挺立在山坡上、山坳里和农家小院,怒放的花朵塞满了沟沟岔岔、圪里圪崂,在柔和阳光的烘托下,绽放出温馨的色彩,把大半个天都染成了粉白色。

我放眼望去,漫山遍野的杏树三个一群、两个一伙,或大或小,或高或低,或歪着脖子,或偏着脑袋,或耷拉着耳朵,或背着疤痕,顽强地生长着。复苏的枝条迎风摆动,好似在述说着自己饱经风霜的故事。

一树一树的花儿,一朵挨着一朵,一朵靠着一朵。开得简单,开得自然,开得明快,开得灿烂,开得一往情深。

我细细端详,那朵儿一串串、一簇簇、一丛丛,或正,或侧,或俯,或仰。有的像孩童粉红色的帽顶儿,有的像少女含羞半掩着脸儿,有的展开了写着春天的五个瓣儿。朵朵手挽着手,站在枝条上随风摇曳,像仙女遗落的梦境,传送着春天的气息。

蝴蝶醉了,在花蕊中摇摇晃晃。蜜蜂醉了,在花瓣上一动不动。我将耳朵贴近花朵儿,聆听花的喃喃私语,她瞬间融化了我心中的小河,把春风吹进了我的心灵深处。

我醉了,半躺在粉白色树下,哼着小时候就会唱的儿歌:"等着你回来,看那花儿开,把那花儿采,杏花朵朵开,我在这儿等着你回来……"久久不愿离去。

我在想,杏花如此高洁,如此美丽,是经过整整一个冬天酝酿出来的。

北方漫长的寒冬，草木大都枯萎，而杏树枝条上小小的芽蕾，迎着寒风，耐着寒冷，守着寂寞，拼着气儿，努着劲儿，一天天长大，一天天饱满。

一夜春风，她们褪去了坚硬的外衣，像天上的云，像河里的浪，吐露着醉人的馨香，绽放着美丽的笑容，把山坡装扮得生机勃勃。

我在想，杏花能耐得住数九寒天的拍打，能经得起风雨雪霜的搏击，不仅仅是一束普通的花朵，她们像大山里的农家妇女。在今年这个特殊年份里，更像抗"疫"前线的白衣女战士，有着正直高洁的品格，有着坚韧不拔的风骨，有着忠诚大爱的情怀。

在抗"疫"前线，白衣战士带着亲人的嘱咐，在没有硝烟的战场上，一不怕苦，二不怕死，与病魔战斗，与时间赛跑，与死神赛跑，为全国人民筑起了安全屏障，用大爱诠释了职责，用忠诚书写了担当。她们不正是站在黄土高坡上，与严寒搏斗、与风雪搏斗，有着坚韧不拔风骨的杏花嘛！

在抗"疫"前线，白衣战士穿着防护服，戴着口罩，戴着手套，戴着眼罩，看上去除了有个子高低之分，看不清年龄，看不清芳容。他们也许是父亲，也许是母亲，也许是妻、儿，也许是子、女。而人间大爱在他们每个人心里流淌，生命接力一次次从他们手中温暖接续。他们不正是还未褪去褐色外衣，默默守护着大地，迎接春天到来，有着正直高洁的品格，有着忠诚大爱情怀的杏花嘛！

此刻，我最想说：疫情快些结束吧，让白衣战士早些脱掉防护衣，绽放出杏花般的美丽。让最美的杏花永远绽放在他们最美的心灵里，四季常开，永不凋谢！

（刊发于《环江》2020年春刊）

白狗儿的故事

　　我的老家处在大山深处。小时候山里狼好多，经常出没在沟壑梁峁，穿行于田间小路。狼为觅食，有单独行动的，有仨俩同行的，有成群结队的。它们凭着灵敏嗅觉，可搜寻十里以外的猎物。牧羊人最怕遇到狼，而这个"怕"字往往会出现。听大人说，狼遇到羊群，好似贪财奴见到金银珠宝一般，若无劲敌狗在场，会使出浑身招数，横冲直撞，抓住一只跑慢了的羊，咬着脖子，向后一摔，背起就跑，到安全地方再放下慢慢享用。晚上趁人不防，常常偷袭圈羊、圈猪，咬得狼藉一片，有时还会危及路人安全。

　　为防狼祸，家里再穷也要养一条狗。狗一般没有名号，人们习惯叫它"狗儿"。不管大人小孩，只要唤几声"狗儿"，狗儿会火速赶到，随时待命。牧羊家狗儿每天都要随羊群出山，发现狼迹，穷追不舍，直至不见狼的踪影。独庄户孩子上学，必领个狗儿做伴。农家羊圈、猪圈墙筑得厚厚的、高高的，上面架上树梢、藤条等杂物。夜晚，狗儿露宿在距羊圈、猪圈最近的禾草堆或主人搭建的简易土棚里，像一名哨兵，忠实守庄护院，使狼不敢轻举妄动。大人出门必带一根结实的木棒、一盒火柴或汽油打火机，遇到狼，一边高声吆喝，一边点燃柴禾（狼最怕火）。学生上学路上总是结伴而行。

　　人们为何把狗叫"狗儿"，外祖父曾讲给母亲听，母亲又讲给我听。很久以前，太上老君赐民间米山、面岭、油泉、醋井，不需耕种、收割、打碾，人类过惯了好日子，养成了好吃懒做的坏习气。某日，一妇人正在和面团，躺在炕上的婴儿拉了屎，妇人遂抓了块面团给婴儿擦了屁股扔到院外，不巧被值日神看见，上告天庭，太上老君下旨收回赏赐，改换各类庄稼种子，让人类土里刨食。一天，太上老君私访民情，看见田野杂草丛生，庄稼稀稀落落，而青壮年却在屋里呼呼睡大觉。一时气急，手抓庄稼穗子，一把一把捋去，血液染红了荞麦秆和高粱穗。狗和猫发现后，跪求太上老君给它们留点，而狗还说它食量特大，每次要吃一斗多粮食。太上老君怜悯猫狗，放弃未捋完的粮食颗粒。事后，人类为奖赏狗和猫，把它们当儿子看待，称狗为"狗儿"，称猫为"咪儿"。

我家白狗儿是母亲从外祖母家用毛口袋背回的。母亲说，狗儿嗅觉异常灵敏，眼睛更是了得，在行路中不时向高一点的蒿草撒过尿做记号，因而，即使走千里也能闻着尿的骚味、认着撒尿的蒿草原路返回。母亲宁愿自己吃苦也要背着狗儿走，原有她的苦衷。

白狗儿的母亲是一条凶悍的狗，遇到狼要追几座山，同类咬仗对方早已血迹斑斑，而它连一根毛都掉不了，亲邻来访若无主人在场挡驾，根本无法进入大门。外祖母是个有心人，她说：抓狗儿子看狗母子。她家白狗儿生下一白一黑两个儿子后，特意给我家留了一条小白狗儿。

听母亲说，哥哥12岁那年曾遭遇过狼的惊吓。那是深秋一天放学后，哥哥与同伴分了路，遇到一条狼。狼浑身麻麻的像个大麻狗，深褐色眼睛射着绿色的光，贪婪的嘴巴张得大大的，舌头露在外面还滴着水点儿，可怕极了。一路上，哥哥快行狼快行，哥哥慢走狼慢走，哥哥止步狼止步。天快黑了，狼总是纠缠不休。险要关头，赶着羊群晚归的大叔经过，随行黑狗儿奋力向狼扑去，狼立刻转身逃之夭夭，黑狗儿又追了一程返回羊群。哥哥虽有惊无险，但早已哭成个泪人儿。大叔安慰说：好娃哩，狼今天封口，不敢见血光，它只是吓吓你而已，不然祸闯大了，我瞭你回家，路上跑快点。母亲是个故事大王，她曾说过：狼是神兽，每天晚上要做梦，梦里做什么第二天就该做什么，梦里没有见血光第二天万不可见血光。

哥哥自幼胆小，又受了如此大的恐吓，自然哭着闹着不去学校。母亲想了想，驯服了白狗儿，让它跟哥哥做伴。白狗儿接受了新任务，当了哥哥的保镖。

两年后，白狗儿长大了。它面容俊俏，身材高大，皮毛雪白，吸引着周边多个"美女"追随嬉戏，有的不远百里赶来与它谈情说爱，是个多情的"帅狗"。它在方圆几十里，看庄护院第一，擒拿追逐第一，格斗咬仗第一，是个地道的"狗王"。尤其是聪明伶俐，善解人意，只要主人交代那个人是自己人，它总会摇摆着尾巴以示友好，从未咬伤过亲戚朋友。

那年哥哥升了初中，我上小学二年级，白狗儿又当了我的保镖。上学前，母亲特意把鸡蛋大一点的糠面梁梁装进我的书包里，说是白狗儿的干粮。那时正处在农业合作化时期，农民连肚子都吃不饱，白狗儿生活更是可怜，它每天只吃一顿洗锅水加一小碗谷糠搅拌成糊状的晚餐，除盛夏6月饱餐几顿熟透了落到地上的杏子外，平时能捡到一块大粪、一只鸦雀尸体、一块野兽肋骨充饥已算是最大口福。

也许是白狗儿忠实的天性，也许是那块糠面梁梁的诱惑，上学出发时，我只要唤一声"狗儿"，它会瞬间赶到。在路上，它表现得活泼浪漫，一会儿逐散觅食的山鸡，一会儿追逮山间的兔子，一会儿掏挖路旁的鼠穴，遇到狼或狐狸会追上几座山。到学校，它又像个守纪律的小学生，卧在教室崖畔从不乱跑，时刻注视我的行踪。放学铃声一响，它迅速赶到，在路队旁伴随我原路返回。

白狗儿追狼最为勇猛。那是隆冬一天放学后，我们3位同学一路同行，忽而山坳里窜出一条壮实的大灰狼，白狗儿发现后穷追不舍，在相距不到10米的山坡上，大灰狼停了下来。我们远距离望见它们先是对峙着，接着便扭打到一块儿。白狗儿平时强悍，面对劲敌能否胜算我心里无底，只能和同学一块儿高声吆喝着，为白狗儿壮胆助威。十几分钟过去了，它们一块儿掉下土圪涝3次，又3次从土圪涝里窜了出来。我怕白狗儿受伤，与同学们齐声高叫："狗儿""狗儿"。白狗儿听到呼唤，放弃厮打，窜到我面前。它气喘吁吁，皮毛散乱，耳扇流着鲜血，嘴里还咬着一撮灰色的狼毛。向战场望去，隐约看见大灰狼一瘸一拐，踉踉跄跄，艰难行走。白狗儿受了点小伤，而大灰狼着实伤得不轻。

又过了4年，我升了初中，白狗儿自行辞去保镖职务。新学期3周回家取干粮，发现白狗儿不在了。母亲说，白狗儿得病死了。我不知道它是真的得病死了，还是被父亲赐死了。在农村，狗儿老了，听觉嗅觉不灵了，看家护院痴呆了，主人就会赐死它，好似皇帝赐死大臣或后宫嫔妃一样，留个全尸。我曾见过邻家赐死狗儿那一幕：一棵树下，一盆狗食，脖子上套着绳锁的狗儿正在进餐，忽而树干上绳索另一头猛然抽动，狗儿凌空而起，还没顾上嚎叫一声已气断身绝。

自此以后，我在学校睡的麦草铺上多了一条头在、尾巴在、腿子也在的狗皮褥子，那是白狗儿的全皮。

白狗儿活着是我上学路上的保镖，死了又成了我睡梦中的保镖。

（刊发于《少年文艺》2019年第1期）

生　儿

小学二年级夏季的一天，同学拴锁兴冲冲地说，他家狸猫生孩子了。放学后，我偷着向拴锁家跑去。

一个垫有破棉袄的箩筐里，四只刚出生不久的小猫咪在大狸猫肚子上蠕动着找奶吃，不时发出微小的"喵喵"叫声。大狸猫任凭子女们胡乱折腾，亲昵地舔舔这个，又舔舔那个。

小猫咪浑身上下没长一根毛，肉墩墩的，光溜溜的，眼睛也紧闭着，丑得让人呼吸都困难。

一个月后我再次到拴锁家，看到小猫咪眼睛全睁开了，像一对小铃铛，鼓鼓的，圆圆的。眼珠有蓝色的，有黄色的，不管哪种颜色，个个晶莹透亮。小瞳孔黑黑的，随着光线明暗变换形状，光线暗了变为圆珠子，光线亮了变成一条线。毛毛也长出来了，四个精灵，四种颜色，像是美术家用彩笔描绘了一般。一只狸狸的，绒毛间布着黑、白斑纹，画笔到额头和脸蛋上刻意点缀了一下，纹路十分优美对称。一只白白的，洁净得无一根杂毛，像个雪娃娃。一只黑黑的，除鼻子、爪子是白色外，简直是个黑炭头。一只黄黄的，脸蛋、脑袋和脖颈上涂抹了几个黑圈儿，显得古怪奇特。

我和拴锁酝酿了一番，按大戏里生、旦、净、丑给它们起了名儿。狸狸俊俊的叫生儿，白白净净的叫旦儿，黑黑威威的叫净儿，黄黄怪怪的叫丑儿。

我想领养生儿，便试探了拴锁口气。拴锁没有拒绝，他征得母亲同意后把生儿送给了我。

拴锁妈说："猫咪长阴阳眼，黑夜看东西和白天一样清晰，认路好生厉害，如果不堵住生儿视线，它一定会跑回来。"她说着帮我掏空书包，用小手绢蒙住生儿眼睛，小心翼翼地装了进去。随即我背起生儿，抱着书本，一路小跑回家。

老妈看我抱回了小狸猫，笑微微地说："我看到拴锁家狸猫肚子大了，等它生了才准备讨一只养，想不到你这个鬼精灵都抢先了。"

"妈，谁抱回来都一样嘛！我给它起名字了，叫生儿。"我说着介绍了生儿的含义。老妈听了很乐意这个名儿。

生儿到了新环境，看到啥都好奇，到处乱跑，闻闻这个，闻闻那个，过了会儿"喵喵"叫了起来，声音可怜兮兮的。我生怕它死了，问老妈咋办。老妈不慌不忙地说："不怕，它饿了，找吃的呢！"说着取了半碗面粉搅拌成糊状，用温火炖熟，倒入小碟碟让生儿吃。生儿闻了闻躲到了一边。老妈说："生儿岔生，我们离开，它自己会吃。"

我和老妈关上门到了外边。过了一会儿，我溜到门缝里张望，但见生儿伸出舌头，将面糊糊一点一点卷入嘴里，发出"吧唧"声音。"真神啊！"我暗暗夸耀老妈。

生儿吃饱了，伸出长长的舌头，舔了舔嘴巴和胡须，接着将爪子伸向舌尖，点了唾沫，一遍又一遍地洗脸。洗完后舔了舔爪子和身子，伸了伸懒腰，打了个哈欠，钻进被窝呼呼睡着了。这让我想到老妈教我的童谣："烟子烟，冒烟我，我是天上梅花朵，猪叼柴，狗烧火，猫儿洗脸笑死我。"

又过了几天，生儿习惯了新家，开始玩乐了。一根鸡毛、一个线团，都是它的好玩具，耍个没完没了。一天，我将老妈纳鞋底的麻线蛋朝着它滚去，它以为是个怪物，吓得躲到一边。麻线蛋停了下来，它仍不放心，埋伏在一角偷看。过了一会儿溜出来，用前爪拨弄了一下麻线蛋，确定没危险时便扑了过去，抓住猛然举起，扔到了土炕三角圪崂里，再从三角圪崂衔出来。就这样连蹦带跳，满炕撒欢子，可怜老妈的麻线蛋乱成了一团糟。没了玩具时它就咬自己尾巴，转着圈儿咬，翻着滚儿咬，一不小心摔几个跟头，接着还是咬。有时在院子里扑打蝴蝶，追捉苍蝇，一跃而起，屡扑屡空，让人哑然失笑。

一月有余，生儿和我成了最好的朋友。它饿了就特别讨好我，不时用舌头舔我的脚丫和手指，拖着身子来回在我裤脚上蹭来蹭去，毛茸茸的长尾巴左摇右摆，就连"喵喵"叫声也甜甜的。它困了便凑到我跟前，伸着脖子让我抓痒痒。晚上一定要跟我睡，在我被筒里随意变换睡觉姿势。一会儿将身子弯成圈儿，伸出前爪将鼻子和嘴巴包得严严实实。一会儿枕着我胳膊，侧着身子扯得长长的。一会又仰着身子，无拘无束地四爪朝天，露出白肚皮。有时晚归我睡着了，它钻不进被窝，便舔我鼻子。我被舔醒了，露出被窝缝隙，它心安理得地钻了进来。

生儿脚掌厚墩墩的，走路悄无声息，爪牙能伸能缩，十分锐利，牙齿坚硬如锥，听觉、嗅觉非常敏感，抓老鼠无师自通，顺手牵拿。一天夜里煤油灯下，我看见生儿埋伏在粮囤一角，竖着耳朵，弓着身子，眼睛直勾勾地盯着另一角，我当即感觉到它发现了目标。果然，就在我屏住呼吸凝视的一刹那，生儿猛扑过去，将一只老鼠稳稳压在利爪之下，老鼠求救的吱吱声不绝于耳。

生儿抓到老鼠，有趣的是不马上吃掉，故意放开让它逃跑，看它跑远了又扑上去逮回，再放开，再逮回，如此反复折腾，看到老鼠筋疲力尽时才享用。

一年后，生儿不像以前那样安分守己了，有时彻夜不归，我怕生儿丢了。老妈说："猫精灵着呢，生人根本逮不住，不会丢。"后来我惊讶地发现一棵大树上，生儿与一只黄猫对叫，生儿叫一句，黄猫应一句，虽然声音尖锐刺耳，但表情充满兴奋和快乐。我听不懂它们在叫些什么，但感到他们在谈情说爱。

生儿又一夜没有回家，我以为它又恋爱去了，也没放到心上。早晨，我赶着毛驴驮水，看见生儿爬到水泉沿上不停地喝水，肚子好鼓，尾巴好粗，毛发散乱，满脸伤痕，腿也瘸了。又看见一只黄鹂待在不远处，好似在监视生儿。我吆喝着赶跑了黄鹂，灌满了水，抱着生儿回家。

老妈对我讲："黄鹂、猫咪、松鼠是上天太上老君的三只宠物，有一年人间发生了鼠灾，大片粮食遭到破坏，为救黎民百姓，太上老君先派大猫黄鹂下凡灭鼠，黄鹂笨手笨脚，没有完成任务。太上老君再次派小猫松鼠下凡灭鼠，松鼠个头太小，有时干不过老鼠，也没完成任务。老君忍痛割爱，第三次派二猫猫咪下凡灭鼠，猫咪机智敏捷，不几天就顺利完成任务。老君怜悯百姓，将三只猫留在了人间。三只猫不能归天，互相抱怨。大猫嫌二猫抢了它的饭碗，二猫嫌三猫不敬业误了大事。久而久之，三只猫成了仇敌，大猫追逮二猫，二猫追逮三猫，逮住就会咬死吃掉。"

老妈清了清嗓子接着说："大猫嫌弃二猫屎臭尿臊，吃二猫之前胁迫它到水泉喝水，接着让它拉完屎撒完尿才吃肉喝血。"

听了这些，我倒吸了一口冷气。生儿好险啊！

5年过去了，生儿一天天变老，它不像年轻时那样爱玩了，见我爱理不理的，除了夜游，整天呼呼睡大觉。不久它失踪了，我找遍了周围山沟，搜寻了圪里圪崂，也没有找到。老妈说："猫是上天下来的，死了有'殃'，'殃'会给人带来灾难，生儿怕连累咱家，就偷偷死到外面人找不到的地方了。"

我没有相信老妈的话，深深祈祷，等待着生儿回家。

办公室里那只猫

刚一上班，一只狸猫蹿进我的办公室，它毫不生疏地跳上办公桌，朝着我"喵喵"地叫，我找了块馒头喂它，它闻了闻，没有吃，又"喵喵"地叫。我抓了抓它的耳朵，说：你这个馋猫。随放下手中业务，到大门口超市买了两根火腿肠。它看见了，"喵喵"一声接着一声。我将火腿肠扔给它，它用爪子压着一头，用嘴咬着一头，轻巧地脱掉塑料外衣，霎时吃了个精光。接着伸出长长的舌头，舔了舔嘴巴、胡须，用爪子一遍又一遍地洗脸。洗干净后，伸了伸懒腰，打了个哈欠，跳上沙发一角呼呼睡着了。

小时候听母亲说：来猫去狗，吃喝常有。办公室来了狸猫，我很高兴。

狸猫有了新家，我确实忙了许多。下班了到市场捡回鱼塞，放在办公室一角的塑料脸盆里供它享用。床上为它准备了供它栖息的被窝，房间准备了装满土的纸箱子给它当马桶。窗门常常开着，方便它进出。狸猫爱干净，拉屎拉尿总要到外边，用爪子在土上挖个小坑，蹲在上面拉，拉完后刨土掩埋，接着闻了又闻，生怕有臭味。这样，我准备的"马桶"成了摆设。

上班时我忙于事务，狸猫陪伴我卧在办公桌一边，或眯着眼睛睡大觉，或瞪大眼睛观察周围动静，或伸长爪子打飞来的苍蝇和蚊子，有时猛然间抓住我操作电脑鼠标的手，虽不用力抓咬，但锋利爪子总会抓出几道血口子。它非常爱玩，一支钢笔、一只小圆球、一个饮料瓶都会是它的玩具，它一会儿用爪子将玩具高高举起，一会儿压住玩具乱咬乱抓，一会儿把玩具推到床底下，一会儿又钻进床底把玩具衔出来，有时还会跳到书柜顶端，或蹲在壁灯上，总是闲不住。它的爪子很锋利，办公室沙发皮面一个个小洞都是它的杰作。

下班我回了家，它依然留守办公室，为我看家。

一天上班，我打开办公室的门，看见桌子文件散乱，柜子门大开着，抽屉半张着，电脑连接线拔掉了一半。我仔细查看了收藏的字画，一张不少，抽屉里 2000 元现金分文未动。我在想，做贼心虚，关键时候，一定是狸猫出现，小偷逃之夭夭了。

有时我在办公室住宿，意外发现狸猫有夜游特点，有时彻夜不归。一天晚上，我被窗外猫的怪叫声吵醒，以为狸猫遭到不测，穿上衣服准备解救，到了院子我惊讶地发现狸猫与黄猫对叫，你一句、我一句，好像在对唱山歌，虽听不懂唱什么，但我感觉它们在谈情说爱。

狸猫虽生长在县城，但抓老鼠依然是它的拿手戏。一天，我看见它抓了只老鼠，有趣的是不马上吃掉，故意放开让其逃跑，看它跑远了又扑上去逮回，再放开，再逮回，如此反复折腾，看到老鼠筋疲力尽时才会吃掉。童年时听母亲说：猫是上天太上老君的宠物，有一年，人间发生了鼠灾，大片粮食遭到破坏，为救黎民百姓，太上老君给猫传授了捕鼠本领，将它派下凡间灭鼠，从此猫成了各种鼠的天敌。怪不得猫敢卧灶神位置，敢吃神前贡品，原来它是天上下来的。

5 年过去了，狸猫一天天变老，它不像年轻时那样爱玩了，除了夜游整天呼呼睡大觉。一天，狸猫从外面回来，毛发散乱，满脸伤痕，尾巴变得好粗，腿也瘸了。我喂它火腿肠，它没有理，我感觉它受伤不轻，便抱它到床上休息。第二天，狸猫不见了，第三天、第四天仍未回来。我等啊等，一个月后，狸猫出现在院子墙头上，溜着朝办公室走来，忽而一只小狗追了过去，狸猫一溜烟不见了。这时我才感觉到狸猫是小狗咬伤的，我打心底怨恨那只小狗。

狸猫从此失踪了，我不知道它在哪里，也许另选了主人，也许已不在人世。因为眷念，办公室窗户一直半开着，等着它回家。

（刊发于《环江》2013 年夏刊）

吟 / 唱 / 环 / 县

这是一块红色的土地

　　环县是 1936 年解放的革命老区。当你踏上这块红色的土地，聆听催人泪下的英雄故事，瞻仰名垂青史的革命胜迹，你将会受到革命先烈崇高气节的感染，你就会接受一次心灵净化和精神洗礼。

　　八珠原，光辉的革命胜迹。20 世纪 30 年代初，陕北红军来到这里反恶霸，打游击，点燃了红色火炬。当地群众自愿捐粮、捐款、捐物，为我军提供了充足的军需补给。所有这些，都有八珠原进步农民李凤存的功绩。他有光辉的革命情结，他有特殊的经历和传奇。他的事迹千秋传颂，党组织授予其"庆阳籍英模人物"和"红色家庭"殊荣当之无愧。

　　老爷山，神奇的红色土地。1935 年 10 月，红军长征途经这里。当地老百姓早闻红军是人民的军队，他们无偿送粮运草，山上道士让出唯一水窖供红军饮用，腾出房屋迎接红军休息。各位领导利用短暂宿营，向群众宣传革命道理。红军一宿进发吴起，走进落脚点，行程二万五千里。这里现已建起了毛泽东诗词长廊和曙光坛，毛泽东汉白玉雕塑在长征纪念广场矗立。道教名山因此更名，成为弘扬长征精神的教育基地。

　　河连湾，永远的革命圣地。1936 年 7 月，陕甘宁省由吴起镇迁到这里。省委书记李富春、省主席马锡五带领当地群众打土豪，分田地，发展壮大了革命实力，巩固扩大了陕甘宁革命根据地。美国著名记者埃德加·斯诺 3 次来到神秘的小山村，把所见所闻记入了他的名著《西行漫记》。一年零两个月的光辉历程，使这块红土地熠熠生辉。

　　山城堡，不朽的精神丰碑。1936 年 10 月，红军三大主力胜利会师。蒋介石得知消息十分恐慌，急调 260 个团对红军围追堵截。面对不利形势，红军一方面对东北军宣传统一战线政策，一方面寻机给蒋介石嫡系胡宗南部沉重打击。山城堡地形复杂便于隐蔽，前敌总指挥将"口袋战"部署在这里。11 月 21 日，胡宗南部七十八师骄横进入红军包围圈内。红军接到命令奋不顾身，英勇杀敌。敌军背负受困，措手不及，一个师一夜间全军覆没，红军取得了全面胜利。这场战役，环县人民踊跃支前、捐粮捐款，为红军提供了强有力的保障供给。这场战役，挫伤了国民党军锐气，宣告了蒋介石"攘外必先安内"反共政策彻底失败，增强了全国人民抗日的决心和毅力，"西安事变"因此而爆发，国共两党结束了长达10年的内战，开始了神圣的全民抗日。山城堡因此名垂千秋，成为全国爱国主义教育示范基地。

风雨70年，弹指一挥间。战火硝烟早已远去，但那一幕幕可歌可泣的历史画卷依旧清晰。此刻，不由得使你发自内心感叹：太平盛世鲜血铸就，丰衣足食来之不易，脚下这块红土地值得世代珍惜。

（刊发于《环江》2011年第2期，荣获"爱我环县"暨庆祝建党90周年征文活动二等奖）

山城堡记忆

山城堡，甘肃省环县北部一个小山村，却因 80 年前一场关系中国命运的经典战役被载入史册，成为中国革命史上一座不朽的丰碑。

作为一名曾担任过山城堡战役纪念馆馆长的环县人，一次追寻红色记忆的行动油然而生。随着探访的深入，一处处战斗遗址进入视野，一个个英雄故事在耳边响起。

承载历史的战斗遗址

出了环县县城，顺着国道 211 线北行 20 公里，就是山城堡战役指挥部——河连湾。

河连湾地处环江河谷地带，这里不仅是环县产粮区，而在美国著名记者斯诺《红星照耀中国》一书中被描写成"那个神奇的小山村"。

走进一处四合院，纪念馆讲解员说："这里原是国民党洪德区区长汪雨亭的庄院，1936 年 6 月西征红军解放了环县，汪雨亭闻讯举家外逃，庄院充了公。1936 年 7 月，陕甘宁省委、省苏维埃政府由吴起迁到这里办公，历时一年零两个月。"

1936 年 11 月 18 日，毛泽东、朱德、张国焘、周恩来、彭德怀、贺龙、任弼时联名签发了《关于粉碎蒋介石进攻的决战动员令》，决定在山城堡一带击溃国民党军。

驱车向北行驶十几公里，再向西走一段山路，映入眼帘的是群山环抱中一处旧庄院，庄院有 10 多孔大小不一的破窑洞，有的已面目全非。

村民梁万广指着中间一孔窑洞说："一天，我不经意发现窑洞口上方有子弹壳，就小心地挖了出来，其中一个碗口大的土块里有十几枚。这些子弹壳全部上交山城堡战役纪念馆陈列展出。山城堡战役开战前，红四师

作者在山城堡

驻扎在韩山堡、老山原、西老爷山一带，临时指挥部就设在这里。其间，敌我双方在老山原交过火，红军歼敌 100 余人。战斗结束后，当地村民将阵亡战士的遗体掩埋在老山原北面山坳里。"

山城堡有多处战壕遗迹。在断马嵝岘东山畔有一处战壕，长约 120 米，南面山畔 40 多米只可看到大的轮廓，北面 80 多米保留完好，战壕宽 1.2 米左右，深 0.8 米到 1 米不等，猫儿洞、射击口清晰可辨，还有 10 多米的运送通道。

2009 年 8 月，开国元帅彭德怀侄女彭钢少将慕名来到这里，她穿行于战壕间，抚摸着经过战争洗礼的粒粒黄土，激动地说：山城堡战役的胜利改变了中国命运，这就是历史的见证。

是的，眼前这些战壕历经沧桑，承载着山城堡战役厚重的历史，见证着山城堡战役不朽的史实。

悲壮如歌的红色往事

1936 年 11 月 21 日黄昏，红军对胡宗南部七十八师发起总攻。

这一仗从第一天黄昏打到第二天东方发白。战场上,红军战士有的手里紧攥着手榴弹,胸口里却插着敌人的短刀;有的用身体压着敌人,背后却插入敌人的刺刀;有的与敌人紧紧相抱,干瘦的手指牢牢掐着敌人的脖子⋯⋯

关于这场战斗的惨烈,几位村民滔滔不绝地讲了起来。

75岁的马生兰说:"当时我父亲马清泉住在马掌子山下的窑洞里。听父亲讲,红军一到,就在山城梁高处架起了机枪,白军到来天已黑了。村民知道要打仗,吓得躲在家里不敢出去,灯也不敢点。我们一家人藏在庄子下几个柴火窑里,15岁的父亲不慎被白军抓去背枪子弹药,到了目的地又让蹲着当机枪架子。父亲两边肩膀各扛一挺机枪,在炮火中早已吓得昏了过去,醒来时天已大亮,而自己躺在死人堆里,肩上仍架着机枪。"

山城堡村党支部原书记郭贤斌说:"1980年6月,山城堡战役时担任红十二团团长的邓克明重访了山城堡战役遗址断马崾岘、马掌子山、西老爷山、韩山堡。邓克明到马掌子山时,我就站在他身边,邓将军指着山下,讲述了他在师长陈赓命令下,带着一个机枪连秘密快速运动到马掌子山阵地左翼,打掉了敌人碉堡的故事,还找到了自己当年参战时的掩体圪崂。他还说,当年四川籍兄弟俩参加哨马营战斗时担任红军营长的兄长牺牲,弟弟在慌乱中将兄长尸体掩埋在一株马茹刺下,20世纪70年代弟弟曾找过兄长遗骨,只因那株马茹刺早已当柴火挖掉,遗骨也未找到,其弟就跪着焚烧了纸钱,大哭一场离去。"

可歌可泣的支前故事

山城堡战役的胜利,环县人民做出了巨大贡献。

红军一进山城堡,当地村民就腾出窑洞、让出水窖、送来灶具,积极为红军提供食宿,有的为红军送粮,有的为红军当向导,有的为红军提供情报。环县、曲子、固北3县共派出向导1200多人,捐粮5000余石、银元2000余块,送羊1100只。甜水、洪德两乡为红军送羊200多只,捐粮2000石、银元300块。

山城乡八里铺村农民梁天举主动为红军当向导、送情报,不久参加了红军,1946年在延长金坡湾战斗中壮烈牺牲,被追认为烈士。八里铺村一曹姓大户为红军捐粮数十石,送羊500多只。洪德镇赵洼村捐粮200多石。耿湾乡郝东掌村民郝满堂捐粮 200 石。

战役结束后，村民又积极配合红军打扫战场，抬运护理伤员。而胡宗南部到来，群众封压水窖，藏匿粮食，转移牲畜，坚壁清野，使他们缺粮、缺水、缺信息，战斗力大大削弱。

环县农业局退休老干部崔登霄说："1936 年红军西征进入环县，战地医院设在耿湾乡崔园子我家老院子，山城堡战役后随大部队而去。在长达半年多的时间里，红军医院工作人员和庄里人同饮一窖水，同住一个窑，同吃一锅饭，结下了深厚情谊。"

由山城堡村支书冯涛带路，我们找到了位于李井子脚下深沟的一眼水泉，周围已砌起了水泥拦洪护坡。

冯支书说："听老年人讲，1936 年 11 月红军一进入山城堡，当地村民就帮他们找到了这眼可供千人饮水的甜水泉。19 日，彭德怀派了 1 个营的兵力把守。胡宗南部到来，找不到甜水，只能喝大河苦咸水，一喝就拉肚子，战斗力一下子削弱了。"

当地人曾这样说：硬给一碗米，不给一碗水。可见这里饮水多么困难。在山城堡战役前，老百姓帮了红军，红军控制了水源，就等于控制了命脉。

时过境迁，眼前这眼"红军泉"，像一位老者静静地守望着。

在返回路上，我不禁想起了开国上将、原红一军团第二师政委萧华为纪念红军长征 30 周年创作的《长征组歌》第十一组《会师献礼》对山城堡战役的精辟概括：

顶天地，志凌云。山城堡，军威振。夜色朦胧群山隐，三军奋勇杀敌人。万道火光迎空舞，霹雳一声动地鸣。兄弟并肩显身手，痛歼蒋贼王牌军。旭日东升照战场，会师献礼载功勋。

（刊发于《西部散文选刊》2018 年第 10 期）

两代人的支前故事

　　袁希珍是环县曲子镇孟家寨村人，现已90多岁高龄，但他身体硬朗、思维清晰，每当说起他家两代人支前的故事，总是滔滔不绝。

　　1936年6月，红军西征解放了曲子、环县，大部队开往宁夏，陕甘独立师上千人留守曲子，驻扎在孟家湾一带。

　　一天，曲子县领导对袁希珍父亲说："你家住得高，视野开阔，能不能腾出几孔窑洞让部队首长住，这样更安全些。"袁希珍父亲满口答应。

　　袁希珍家有大小窑洞5孔，给部队腾出了3孔，除1孔首长办公住宿外，其他2孔还有草窑、磨窑都铺上麦草，住满了战士。

　　部队入住后，大家同饮一窑水，同用一口锅，同烧一垛柴。为节省窑水以备急用，部队炊事员天不亮就到杨旗小河挑泉水做饭，战士们衣服脏了到杨旗小河去洗，晴天边洗边晒在河边草地上、石头上。

　　外面站岗的战士遇到下雨，衣服湿了，袁希珍母亲就在锅上摆几根木棍，把湿衣服搭在上面，锅底下煨火，一件件烘干。

　　1937年，曲子县把各村中青年集中起来，成立了民兵连、排、班，袁希珍父亲当了民兵。白天由部队教员统一训练，晚上则派大家分赴各村站岗放哨。若有敌情，战士和民兵有组织地把老年人和孩子用木梯送到各村修的堡子上。不久，曲子县政府也搬到袁希珍家临时办公，袁希珍小爸经常给曲子联络站送信、取信。

　　1938年，部队提出了"减轻农民负担、解决粮食自给"的口号，购买了铁锨、锄头等农具，在杨旗沟、李旗沟等地掀起了轰轰烈烈的大生产运动。战士们与当地群众一同耕种，山上山下红旗招展。

　　1945年日本投降后，国民党向延安发起进攻。当年，部队在孟家寨村播种的粮食喜获丰收，曲子县动员各村男女老少抢收抢割、驮运上场，家家户户场上堆满了谷子、糜子垛。为方便打碾,老百姓用铡刀铡掉粮食穗子铺在场上,与部队战士用碌碡碾、连枷打、棍棒捶。糜谷颗粒不干,就倒在老百姓家热炕上,炕干后碾成米、推成面,再由袁希珍大爹组织民兵,赶着毛驴源源不断送往前线。因部队大灶需要肉食,剩余未加工的粮食,乡亲们带战士到老百姓家换成牛、羊,赶往前线。

不久,驻扎在孟家寨村的部队接到上级命令赶往前线增援,战士们依依不舍地与当地群众挥手告别。

1946年,袁希珍小爸参了军,担任十三团司务长,不久光荣加入了中国共产党。在部队,他忠厚老实、办事认真,多次获奖。

1947年的一天,马鸿逵部一个骑兵连与西北野战军第二纵队在孟家寨村马岗子交火,二纵队沉着应战,取得了胜利。战斗结束后,袁希珍母亲看到战士们嘴皮干裂,便拿出家里的干粮,用罐子盛上水,送给战士们吃喝。当地百姓也纷纷拿出食物和水,送到战场。

当年,袁希珍与同村青年袁廷林、袁希孔、张得有、宋百礼、马占德、王致礼、郭凤鸣、郭凤川等19人组成"农民支前医疗担架队",受西野二纵队管理调遣,跟随大部队行动。部队离开孟家寨村后,经马岗子到环县,再转战定边盐池等地。

一次,担架队参加陕西省延川县战斗返回家乡时,大家体弱无力,衣衫褴褛。吃饭时赶到老百姓家,饭后由队长统一打粮条交给户主,有时几十里路遇不到人家,大家只能饿着肚子。

1948年,在西峰、驿马一次战斗中,部队伤亡惨重,急需担架队支援。因袁希珍在榆林支前后患病未康复,袁希珍父亲便刮了胡子,顶替袁希珍参加了"农民支前医疗担架队"。在前线,他带领担架队,救治了不少危重伤员,受到了部队首长多次表扬,为老区赢得了荣誉。

曲子解放后不久,袁希珍父亲光荣地加入了共产党,在老爷庙教书。寒暑假期间,他抽出时间教战士们识字、写字,战士们给他讲战斗故事。袁希珍父亲把听到的故事讲给学生听,学生又把故事讲给家长听。这样,一传十、十传百,孟家湾一带人人会讲战斗故事。

1955年冬,袁希珍的弟弟袁希禄应征入伍,在部队好学上进,工作积极,一年后光荣地加入中国共产党,后任部队团参谋。现在,袁希珍家

"四世同堂"，有 14 名共产党员。

（刊发于《民主协商报》2019 年 12 月 27 日）

品读东老爷山

我生长在东老爷山脚下，是东老爷山的见证者，又是东老爷山的建设者。细细品读东老爷山，让我真真切切感受到了它无穷的魅力！

品读东老爷山，我读到了它的威武。

放眼远望，东北，山岳重叠，荒原莽莽，一望无际。西南，万壑深谷，千条沟涧，尽收眼底。韩小川、早流渠两条小溪涓涓西流，秦长城、秦直道和雄关漫道点缀在茫茫林海和山峦之间，显得十分壮观雄伟。

瞩目近观，东峰魁星峁、西峰玉皇峁似两条巨龙，尾部由西而上，巍然捧起祖师峁这颗古有"二龙戏珠"美誉的硕大的珠子。西南、西北百余座山丘，蜿蜒向祖师峁而来，还有"群蟒朝仙"一说。道光二十年（1840年）《无量祖师庙记》载："兴隆山者，盖延庆重镇也，其岗岭毓秀，亘数余里。上结三峰，势若捧笏；众山缭绕，累累如贯珠。两旁幽谷窈然，而深谷中有泉翁然而出，泉水南北分流，如往而复陡，其巅蔚然深秀，峰回路转，往来行旅不绝。朔方地脉之灵，莫胜与此山之中峰……"

登高俯瞰，山巅，宫殿庙堂、亭台楼阁，雕梁画栋，古色古香。山间，松柏杨柳、杏桃椿槐，郁郁葱葱，如诗如画。阳春三月，满山满坡，杏林吐雪，松柏泼绿，鸟语花香，畅游其间，心旷神怡，流连忘返。金秋九月，遍沟遍野，大地泛黄，草叶染红，蝉鸣蝶舞；悠闲漫步，犹入天界，无限惬意。有诗人赞曰："仙峰突兀松柏茂，子夜风静云雨消。伸手摘星七八颗，抛下山脚报晨晓。"

品读东老爷山，我读到了它的神奇。

传说，山南2公里有座云盘山，是黄帝羽化升天之地。为祭奠黄帝，一云游道士捐资在这里修庙建殿，庙址选好插上5色道旗为记，不料夜间仙狐将道旗叼至今中峰祖师峁，于是便易地而建。

另有传说，周朝某皇帝为祭祖曾在庆阳建起行宫。因庆阳城一面临

作者在东老爷山

山，三面环水，环境美，风水好，因而皇帝多数时间在这里处理朝中事务，庆阳城自然成了周朝第二国都。一日，后宫内乱，皇帝听信谗言，将身怀六甲的皇后打入冷宫。皇后为保住龙种，在亲信保护下逃至今东老爷山破窑洞里避难，数月后生下龙子。时隔不久，后宫内乱平息，皇后应召回宫，返回时沿沟道前行，一侍女不慎被青苔滑倒，泥水溅到皇子脸上，正着急时，忽见不远处有一水泉，清澈见底，皇后命侍女为皇子洗浴。今东老爷山北4公里处有地名"洗龙池""晾龙台"，就是当年皇子洗浴过的水泉和晾台。皇子回宫后被立为太子，后做了皇帝。因该山是"真龙天子"降生的地方，即得名"生龙山"。自此以后，几朝几代，生龙山四周风调雨顺，百业兴旺，一片兴隆太平景象。时过境迁，生龙子的事渐渐被人们淡忘，"生龙山"也被讹传为"兴隆山"。

又说，很久以前这里人烟稀少，当地百姓最怕强盗土匪骚扰抢劫。一天，有股土匪果然窜到这里，抢劫了大量粮食和财物，正欲运走时，忽而天昏地暗，飞沙走石，隐约见一红脸大汉，手持偃月大刀临空而降，拦住了土匪去路。土匪们顿时傻了眼，丢下粮食财物拔腿就逃，有的慌不择路，掉下悬崖。原来这位红脸大汉就是关老爷显灵。为纪念关老爷，民间把兴隆山称为东老爷山。据说"崆峒山"又称西老爷山。

无量祖师殿有一组壁画，反映了西海静乐国太子玄武修道成仙的故事。据《搜神记》载：西海静乐国是黄帝时期一个部落，部落王太子玄武本是王位继承人，但他看到不公平的社会，愤懑王位的权势，不顾父母和朝臣反对，毅然决定上山学道。一日，他脱去王太子冠帽和朝服，向武当山行进，其母善胜王后知道后一路追赶至武当山，在劝说无果情况下无奈返回。

玄武在修行中吃尽了苦头，曾一度有放弃的想法。一日下山，见一老妪在磨铁棒，问其缘由。老妪答：要将铁棒磨成一根绣花针。玄武疑问：这么粗的铁棒怎能磨成一根绣花针呢？老妪答：磨一点，少一点，只要功夫深，铁棒磨绣针。说罢驾云而去。这原是紫元真君点化他，玄武顿时醒悟。

还有一天，他看见一只黑虎追赶一位女施主，女施主在惊恐中呼救。关键时刻，玄武拔剑怒喝一声，黑虎遂放弃追赶，玄武救下了女施主。得救的女施主甚为感激，向玄武献殷勤，并有轻佻之举。玄武怒斥女施主轻薄。女施主羞愧难当，跳崖自尽。玄武顿觉处事过激，害了女施主，遂以命相抵，也纵身跳下了悬崖。这时，空中忽现5条龙救了他。这又是紫元真君试探他的凡心。

玄武在武当山学道修行42年，其间演绎了许多教化凡人坚强奋进、除暴安良、改恶从善、秉持操守的故事，终得正果，在武当山主峰天柱峰升天，被玉皇上帝封为"玄天上帝"，镇守北方。民间沿王太子名玄武而称玄武大帝。宋朝真宗赵恒尊尚道教，为避其祖赵玄郎之讳，将玄武大帝改为"真武大帝"，沿用至今。民间尊为无量祖师。

品读东老爷山，我读到了它的沧桑。

据说东老爷山很久以前有庙宇36座，是陕甘宁周边数百里名气最大、香火最旺的道教名山，和平凉崆峒山是姊妹山。后几经沧桑，几经维修，延续数百年。

传说清顺治年间，环县秦团庄林公在山上栈道，他看到好多庙宇破旧不堪，决定化缘修复。他花了半年时间，走了数百户人家，但化到的银子并无多少。于是他想了一个办法，在山上过庙会时，把自己一只耳朵割下来放在一个笋筐里，让香客投钱盖压。围观人出于好奇，都来投钱，铜钱堆满了笋筐，他的耳朵从笋筐底下钻了出来。在场的人看到这种情形，惊得目瞪口呆，连忙拜倒在地。从此一些富户纷纷捐银，不到半月，就筹足了建庙的银子。修建时，因缺少木料，他决定到子午岭拉运。一天清晨，林公吆喝周围村民喂饱耕牛，说要拉木料。到了下午，村民仍不见林公要牛，但见自家牛卧在槽下，大汗淋漓，气喘吁吁。黄昏，人们到施工现场，却见木料堆积如山，原来林公带着牛魂拉木料去了。还传说，林公化缘时，每到一户都取干柴一根带回山上，凑了足足360根。当地一放羊娃觉得好奇，偷走了3根。一天，林公趁人不注意，坐在干柴上用火点燃，但见一道红光冲天而去。林道火化后，人们在灰堆里找到了3根未燃尽的肋骨，将其殓葬。第二天，当地一货郎在庆阳遇见林公，林公托他捎回了山门上的钥匙，货郎回来后，方知林道前一天已升天。

清同治年间山上庙宇曾遭遇火烧，留存不多。据碑文记载，清道光二十年、二十五年曾维修过。

据当地老百姓说，20世纪60年代，玉皇、帝母、三霄、三官、大圣、显圣、赵灵官、马灵官、韦陀、林公等10座庙宇和五圣宫庙顶被拆除，庙内塑像全部被推倒。近40年以来只有庙会香客较多，平时游人寥寥无几。有一记者路过东老爷山时写道："山上有几座庙宇破旧不堪，三间禅房黑乎乎的，窗台上两个南瓜歪歪斜斜地躺着，墙上挂着一小串辣椒，一位穿着邋遢的老道端着半碗黄米饭……一切都显得十分荒凉。"

2005年11月，组织任命我为环县旅游局局长。2006年春季，我专门踏访了东老爷山。我看见，祖师大殿屋顶已开了10多平方米的窟窿，地上落了一大堆雪，几根檩条即将折断，下面用椽子顶着。大佛殿、菩萨殿、关圣帝君庙、钟楼、鼓楼等庙宇楼阁墙面不同程度裂缝，屋顶下陷成"W"形。回到单位后，我马上写了一份踏访报告，向县委、县政府主要领导做了专题汇报，引起了他们的高度重视。当年夏季，我聘请规划设计院现场勘查，编制了东老爷山建设规划。2007年维修建设拉开了序幕。10多年的心血，10多年的努力，现在东老爷山已披上了漂亮的盛装，是全国重点文物保护单位、国家3A级旅游景区、甘肃省森林公园、庆阳市爱国主义教育基地。

品读东老爷山，我读到了它的兴盛。

东老爷山保留元、明、清三朝古建庙宇楼阁15座，新建19座。

主峰祖师峁建筑呈三坎阶梯形。进山门殿，登代表六十四卦的64阶，第一坎为岳灵官（岳飞）楼，穿岳灵官楼，中为王灵官（王善）楼，左有碑楼和地藏菩萨庙。再登代表二十四节气的24阶到第二坎，中有温灵官（温琼）楼，左有关圣帝君（关羽）殿；过温灵官楼，右为碑廊，左面依下而上为藏经阁、显圣（伍子胥）庙、大圣（孙悟空）庙、马灵官（马胜）庙、赵灵官（赵公明）庙，右斜坡下为林公庙、高公庙。攀33阶到第三坎，越兴隆宝山门楼，祖师大殿屹立正中，左为三佛殿、韦陀庙，右为观音菩萨殿，门中左右为钟鼓2楼。左侧下山处为鸡鸣亭。向西转见一小平台，依次为药王（孙思邈）庙、三官（天官尧、地官舜、水官禹）殿、虫王（刘猛）庙、观龙阁。

东峰魁星峁依下而上为城隍庙、马王庙、二郎（杨戬）庙、三清殿。过拾财亭，前为红军长征纪念广场、曙光坛，两旁为毛泽东《沁园春·雪》碑林，后为七星坛、文昌（张亚子）庙。

西峰玉皇峁仍为三坎。第一坎为五圣宫、龙王庙。上41阶到第二坎，为百子宫、九天庙。登64阶天梯到第三坎，穿灵官楼，前为玉皇大殿，后为地母殿。

农历三月三是东老爷山聚仙观坐山神无量祖师圣诞日，为朝拜、祭祀山上各位神仙、佛祖、菩萨，陕甘宁周边的环县、华池、定边、盐池四县民间会首提前半月酝酿筹办庙会事宜，农历二月二十九日各项仪式全部准备就绪，三十日进入高潮。从三月初一半夜子时起，陕、甘、宁、内蒙古和四川、山西等省区的善男信女不远千里云集于此，踏青会友，观光旅游，这里可谓人山人海，车水马龙。初一到初三，要举行声势浩大的万人朝仙、朝拜玉帝、上供祖师、众仙出巡、三霄设子、打醮诵经、万灯盛会等富有深厚道教文化内涵的祭祀项目。2007年以来，每年有数十万人前来观光，平时来环县的人都要到名山一游。

品读东老爷山，我读到了它的内涵。

东老爷山庙宇楼阁均为砖石砌成，饰有仿木垂莲柱和象首枋头。叠涩出檐，檐角饰蹲猴捧桃。房脊造型逼真，有龙凤脊、龙虎脊、狮子脊、天马脊、莲花脊、悟空脊等。

浮雕画砖，惟妙惟肖。有人文图案的"八仙过海""文房四宝""耕读渔樵""十二生肖""柿戟瓶安（四季平安）"。花卉图案的"梅兰竹菊""花开牡丹"。龙图案的"二龙戏珠""龙生如意"。禽兽图案的"丹凤朝阳""鹰（英）雄斗智""麒麟送子""稳坐封猴（侯）""五蝠（福）捧寿""天马奔腾""夕牛望月""金钱狮子"等。

壁画百幅，绘制精美。祖师殿有太子"离宫出行""遇仙修道""降魔除害"；观音殿有"老子一气化三清""群仙破阵""葡萄人""葡萄龙"；大佛殿有"唐僧取经"；关帝庙有"三顾茅庐""三英战吕布"。

泥塑千尊，栩栩如生。玉皇殿塑像 100 尊，玉帝高高在上，左右分别为金童、玉女、红天蓬、黑天蓬，南斗星君、北斗星君，日、月、风、雨、雷、电，五岳四渎，四海龙王，十殿阎君，二十八宿，三十六天将。祖师殿塑像 13 尊，真武坐正，左右为周公、桃花，两侧为八大天君，门口为龟、蛇二将。三清殿 660 尊，元始天尊、灵宝天尊、道德天尊器宇轩昂，高高居中，众位诸神，或手捧金印，或手执兵器，站立前后左右。

楹联诗句，寓意深刻。观音菩萨殿门联："摆动慈云救八难；施行法雨沐苍生。"城隍庙门联："举念肝（奸）邪任尔焚香无益；存志正直见吾不拜何防（妨）。"二郎庙门联："三尖两刃看怪不怪降怪；十方八路言诚亦诚忠诚。"王灵官楼门联："三眼能识天下事；一鞭惊醒世间人。"赵灵官楼门联："执金鞭巡查世界；骑黑虎威震乾坤。"山门殿门联："玉峰生祥云有云不空；宝阁坐龙首无龙亦正。"还有"十方弟子虔心动天地；阖堂仙圣神手遮黎尘"。"仙峰孕松柏，始元兴明盛今朝；阁云袅环宇，升仙渡佛修神圣"。"远眺雄山楼阁耸矗擎苍穹；俯瞰山脚灯火璀璨胜繁星"。"走完二万五千里长征尽开笑颜；拨开三千六百层迷雾重现曙光"。

所有这些，都饱含了深奥的文化内涵。

品读东老爷山，我接受了红色教育。

1935 年 10 月 11 日，中国工农红军第一方面军长征入境环县，红军到了老爷山，当地老百姓和道士早听说过红军是人民的部队，于是自发送粮运柴，盛情欢迎，还让出山上仅有的一口水窖供红军饮用。毛泽东、彭德怀、叶剑英等领导利用短暂休息，宣传革命道理和统一战线政策。并尊重当地老百姓的宗教自由和风俗习惯，对神龛及庙宇殿堂秋毫无犯。

2008 年，曙光坛和红军长征纪念广场在魁星峁落成，广场中心竖立起毛泽东汉白玉雕塑一尊，高 2.8 米。2013 年在广场两侧建成了毛泽东诗词碑林，竖立的 213 块石碑上雕刻着沈鹏、张海等全国著名书法家书写的毛泽东《沁园春·雪》墨宝 213 副，为庆阳市金融管理局局长杨学科捐献的拓稿，在全国独一无二。

壮美的东老爷山，你是我心灵中永恒的神圣！

（刊发于《陇东报》2014 年 11 月 17 日，荣获"中国民俗文化诗文"大赛三等奖）

我与东山有个约定

八年前春节刚过完，我走亲戚家路过环县东山，本想站在高处观看县城全貌，可脚还未站稳，一股狂风咆哮刮来，黄土粒肆无忌惮地拍打着我的脸庞，毫不留情地钻进我的耳朵里，撒落到我的衣襟上。山丘上稀稀拉拉的蒿草被风刮得摇摇曳曳，山坳里零零星星的老杏树歪着脖子艰难地挣扎着。

狂风过后，我隐约看见不远处峁头上几个人走走停停，指指点点。同行者告诉我："那是政府主要领导带领专家搞规划，要给东山播绿，要往东山引水，要修东山油路，要建东山公园……现在全县都嚷起来了！"我听了后半信半疑。

三个月后我再次上东山，途中遇到好多小卡车、三轮车拉着树苗在弯弯曲曲的土路上奔跑，土雾像利箭一样一个接着一个。引水上山的管沟在开挖，拓宽路面的标号已竖立……山坡上、山坳里人头攒动，一方方鱼鳞坑修成，一棵棵树苗拔地而起。

我被眼前说干就干的行动所感染，我被这热火朝天的劲头所融化。我喃喃吟道：啊！古朴的东山，多少年你沧桑依旧，多少年你衣着褴褛。今天我看到了，你的衣衫已开始纺织，你的装饰已开始雕琢。此刻，我要为你祝福，我要与你约定，当你穿上"春有花、夏有叶、秋有果、冬有景"盛装的时候，当你戴上边塞文化玉锁坠吊的时候，当你系上玉带的时候，当你吐出珍珠的时候，我要与你亲近，我要与你拥抱，我要用文字谱写你的岁岁月月，我要用诗歌抒发你的点点滴滴……

一年，二年，三年……山青了，树绿了，路油了，水通了，东山笑了。我不能食言，我要兑现约定的承诺。

春姑娘乘着和风，伴着细雨，悄然而至。她向山坡轻轻一挥，小草破土而出，鲜花竞相开放，大地一下子变得五彩斑斓。

我站在东山高处俯瞰，山顶、山坡、山腰、山坳全部披上了碧绿的盛装，山桃花开了，杏花开了，锁牛花开了，狗娃花开了，山丹花开了……红的、黄的、粉的、蓝的、紫的，一片花的海洋。我近距离凝视，花朵上，油蛉低唱，蟋蟀弹琴，蜜蜂穿梭，蝴蝶起舞。树丛里，喜鹊、麻雀、山雀、燕子、布谷鸟、啄木鸟，还有不知名的鸟儿飞来飞去，叽叽喳喳，好似向我抒发春天的情感，好似向我讲述播绿者的故事。我穿行于山间，途中遇到几位少妇各领一孩童，孩童头戴柳树条编的圈儿，圈上插着各色各样的花朵，他们天真可爱，犹如花仙子下凡。忽而一股清风吹来，泥土味与花香味融为一体，瞬间沁入我的心脾，让我心旷神怡。

盛夏，太阳失去了春天般的温柔，火辣辣地照耀着大地，云彩被太阳融化了，一下子消失得无影无踪，天蔚蓝蔚蓝的。

我躺在东山树荫下环视，远处林海碧绿碧绿的，近处枝叶葱葱茏茏的。人行道上，银杏、枫树、国槐、垂柳、云杉、雪松、侧柏茂密的叶子好似一把大伞，遮住了骄阳的暴晒。石块垒成形状各异的假山缝隙里有水

作者在东山

喷出，滴入山底，顺着渠道流入一个个小池塘。池塘里小金鱼无拘无束，自由徜徉。假山不远处有一喷泉，随着音乐掀起了五颜六色的水雾。水雾飘浮在空气里，打湿了大理石路面，洗去了酷暑的燥热。来来往往的游人络绎不绝，处处笑靥盈盈。我看到一对老夫妇拉着小狗，一边漫步一边说笑。一对情侣手挽着手，一边观景一边拍照……池塘边小广场里，几个妇女在拉家常，几个青年在打扑克，几个孩童在翻王牌……我微闭双眼，静听潺潺流水声，时而如琴弦拨动，时而像孩童笑语。它洗涤了我心灵的浮躁，一切烦恼瞬间荡然无存。

仲秋，阳光温馨恬静，秋风和煦轻柔，蓝天上白云飘逸，树林间小鸟自由飞翔。

我坐在东山凉亭条椅上观赏，山坡换上了五彩斑斓的衣服。放眼望去，茂密的树叶一丛丛、一团团、一簇簇，像是知音凑在一块说悄悄话。一阵秋风吹起，树叶哗哗作响，像无数个彩蝶在拍打着翅膀。林子大方地捧出沉甸甸的果实，献给散步的人们。我看到三五成群的游人，笑微微从山间归来，手里提着满满一袋山毛桃。我迈步往前走了一程，一大片山毛桃树林映入眼帘，熟透了的桃子绿中带黄，挂满枝头。我攀上树杈摘了一颗，擦去桃毛细细品尝，酸酸的、甜甜的，就是小时候在老家吃的那个味。

寒冬，天空飘起了雪花，把大地装扮得银装素裹，分外妖娆。

我立在东山观景台一角展望，美丽的雪花给大树、小树披上了洁白的羽绒服，它们有的像慈祥的老者，有的像天真的孩童，或站着，或蹲着，目视前方，静静守望着雄伟的东山。我看见几个大人领着小孩在东山小广场垒雪人，我也加入了这支队伍。在我的提议下，大家将垒起的雪人雕琢成扛着镢头的老农形象，用红色颜料写上"东山播绿者"字样，表达了环县人民赞美的心声。

我爱东山，更爱为环县做出杰出贡献的"东山播绿者"！

（刊发于《西部散文选刊》2020年第4期）

环江畔漫步

我想不起从哪天开始养成了散步的好习惯,每天早晚总要到环江畔溜达一圈。溜达久了,身体好了,心情爽了,见识广了,捡到的文字碎片也串到了一起。

黎明的曙光揭走了夜幕的轻纱,吐出了万道霞光。灿烂的朝霞穿透卧室的窗口,唤醒了睡梦中的我。

我走出大门,迎着晨光,踏着微风,在环江畔悠闲信步。

朝阳褪去了缭绕在环江畔的薄雾,蓝蓝的天空洁净如洗,淡淡的白云飘逸悠扬,清新的空气沁人肺脾。

我放眼四周,和煦轻柔的秋风把绵延环江畔十几里的垂柳、国槐、雪松、刺柏、银杏、枫树、香椿、冬青、紫李、山桃……染得五颜六色。

我细细端详,微风下,紫红色的枫叶像娃娃小手一样绕来绕去,金黄色的银杏叶像芭蕉扇子一样扇来扇去,黄绿色的柳叶像少女眉毛一样飘来飘去……一阵劲风吹来,树枝摇摇曳曳,随着哗啦啦的声音,树叶在空中翻着滚儿,打着旋儿,缓缓投入大地怀抱。不一会儿,满地都是色彩斑斓的叶子,让我不禁想起龚自珍描写的"落红不是无情物,化作春泥更护花"的诗句。

我全神贯注,看温馨恬静的晨光把民俗风情线上的环江翼龙雕塑、环县八景长廊、百姓大舞台、民歌大家唱舞台、皮影戏苑、秦腔戏苑……映得格外艳丽。

亭台、走廊和广场上,晨练的人群熙熙攘攘。有老年人、中年人、青年人,还有小孩子……有散步的、唱歌的、跳舞的、读书的、打拳的、健身的、遛狗的、打羽毛球的,还有自拍直播的……

散步者林林总总,或单身,或夫妻,或情侣,或朋友,或同事……

我遇到一位高龄老者。他虽白发白须、步履缓慢,但腰板硬朗、精神矍铄。"我今年94岁,早餐吃一个馒头,喝一碗稀饭,饮一两白酒,抽一锅旱烟,正餐吃两大碗面条或米饭。我一辈子不和人见高低,只知道干农活,80多岁还能放羊,三年前孙子接我到县城住,没事就出来活动一下身子。"他笑容可掬地对我说。

我遇到一位退休职工。他戴着超大黑墨镜,穿着黑色运动服,蹬着黑色运动鞋,挎着黑色录放机,拉着黑色小狗,加上黝黑的大圆脸,胖乎乎的身材,俨然像个大熊猫。他跟着录音机《走进新时代》的音乐节拍,踏着铿锵的步子,哼着轻快的调子,脸上洋溢着自信的笑容。

我遇到一对情侣。他们穿着时尚,缠缠绵绵。一路上,男士笑微微宠着女士,由着她的性子撒娇。女士走走停停,滴滴溜溜,不时变换张扬的姿势和摆法,让男士为她抓拍,还频频发往快手直播,惹得路人纷纷侧目而视。

广场舞红红火火。这里一群,那里一伙,一个、几个、十几个或几十个。《小苹果》《好日子》《黄土高坡》《潇洒走一回》……音乐响了起来,大家无拘无束地跳了起来,舞了起来,脸颊上流露着多彩的表情,骨子里渗透出豁达的心态,给环江平添了几抹浪漫和妩媚。

一位穿着白色连衣裙的中年少妇独自舞了起来,随着《草原上不落的太阳》《青藏高原》《美酒加咖啡》的旋律,不时变换着蒙古舞、西藏舞和快三、慢四、探戈等舞姿,舞得自然流畅,舞得神采奕奕,仿佛一朵出水的白莲。一条大白狗当观众,它歪着脑袋,耷拉着舌头,蹲在主人不远处,忠实温顺的表情让我叹服。

几十人的列队舞了起来。大家踩着乐曲,变换着手势,跟着领舞者昂首、挺胸、向前、挪后、扭身、旋转,娴熟的步子如蜻蜓点水,柔和的舞姿似玉鸟轻飞,优美的表演不亚于正规舞蹈队。领舞者是一位50多岁的退休女职工,她说这个"夕阳红舞蹈队"6年多来参加过十几场演出,2017年赴甘肃玉门参加全国广场舞大赛获二等奖,2019年参加环县庆祝新中国成立70周年广场舞比赛获一等奖。听了让我刮目相看。

太极拳表演留住了我的视线。随着柔和的音乐,大家跟着领队的步子,按照"一元生两仪,两仪生四象,四象生八卦"的阴阳数理,以柔克刚,以动制静,时而如行云流水,时而如轻风拂柳,连贯的神韵、莫测的变化,不禁让我大开眼界。"我今年52岁,12年前拜太极拳大师傅清泉为师学艺,回到环县后无偿带弟子,组成了100多人的'剑扇队',2015

年4月赴西安参加杨式太极拳联谊赛获金奖，当年9月参加甘肃省太极拳公开赛获金奖。"听了领队杨女士的介绍，我不由得竖起大拇指连连点赞！

我随爬山组再一次登上西山。站立在文昌阁五楼俯瞰，环江像一条银色的项链，悬挂在黄土高坡胸前，是那么的恬美。环江像一束洁白的飘带，荡漾在群山峻岭脚下，是那么的幽静。环江畔的县城，一幢幢高楼千姿百态，一座座亭台新奇别致，一派派景致气象万千……昔日"环县街道一张弓，一个喇叭全城听，食堂建在污水坑……"的旧貌已成为历史，就连清知县高观鲤笔下《环县八景》里《环江春浦》描写的"山城春事晚，冰泮恹幽灵。芳草王孙怨，高楼客子心。镜开浮远塔，波阔没平林。官渡青青柳，宁知岁月深"的诗句也逊色了许多。

吃过晚饭，我急不可待地向环江畔而去。

夕阳西下，天空漫出一丝丝紫红色。文昌阁、老虎山、环江畔、滨河路、环江广场亮了起来，机关单位、住宅小区、宾馆饭店、门店商行的高楼大厦亮了起来，路灯、车灯、广场灯、霓虹灯与皓月、繁星的光芒融于一体，把县城装扮得绚丽多彩。

休闲游玩的比晨练的人多了许多。除了散步的、聊天的、健身的，广场里、舞台上，你吹我拉、你弹我唱、你敲我吼，其乐融融。

百姓大舞台，伴着主持人声色并茂的解说，表演者一个个登台亮相，各领风骚。有唱红歌的，有唱民歌的，有唱流行歌的，有唱道情的，有唱秦腔的，有跳舞蹈的，还有演小品的。台下不时响起雷鸣般的掌声和愉快的吆喝。真乃：皓月灿灿生辉，环江扬扬得意。台上莺歌燕舞，台下喜笑颜开。

自乐班各色各样。这边是民歌自乐班，那边是红歌自乐班；这边是道情自乐班，那边又是秦腔自乐班。大家你唱你的，我吼我的，随心唱的歌喉荡漾广场，掏心窝的真情播撒环江，浓郁的乡土气息弥漫夜空。

"你拉骆驼我开店，表兄哥；上来下去都能见，表兄哥……"一曲《表兄哥》小曲将我带到了"民歌大家唱"舞台前，一幅"快卿自乐班"的牌子映入眼帘。快卿是我刚参加工作时的领导，50多岁因车祸截了右腿，装了假肢，但他对生活充满信心。他笑微微地对我说："现在社会这么好，我也要好好享受，我会拉二胡、板胡和四弦，就组织了自乐班。"他说着拿起二胡拉起了《环县好》，大家跟着乐曲唱道："环县好，环县

好，环县遍地都是宝。老区精神放光芒，乡乡村村新气象。毛主席来过的地方，是我们可爱的家乡。生长在这个地方，叫我们怎么不歌唱……"

嘹亮的歌声响彻云霄，唱出了环县人民的心声！

（刊发于《西部散文选刊》2020年第6期）

带着故事看砖塔

小时候经常听老妈讲故事。

老妈说，环县人和定边人各夸自己的家乡。环县人说："环县有个塔，离天丈七八。"定边人说："定边有个钟鼓楼，顶顶插在天里头。"我好奇地问："妈，到底哪个高？"老妈说："环县塔比定边钟鼓楼高。"我又问："有多高啊？"老妈指着门前一棵白杨树说："有这三棵树连起来那么高。"我惊讶地问："那怎么建起来的呢？"

老妈清了清嗓子讲了起来。

很久以前，有一大户姑姑和侄女修行多年，在成仙前想为民间办一件好事。她们谋划了一番，决定在陇东一带建两座塔，姑姑建环县塔，侄女建肖金塔。还约定从天黑开始建造，鸡叫前建成，一同升天成仙。姑姑手脚灵快，鸡还没叫就建成了环县塔。她等到鸡叫还不见侄女到来，遂驾云升天。这时侄女建造的肖金塔还没有封顶，她望见姑姑已升天，便放弃建造，变了一只小鸟飞向蓝天追赶，边飞边叫：姑姑等，姑姑等……

还有一说。一天，3位仙女三霄娘娘路过陕甘一带，看到这里山清水秀，祥云瑞气，遂有了建塔的念头。根据大娘娘云霄提议：自己在陕西三元建塔，二娘娘琼霄在甘肃肖金建塔，三娘娘碧霄在甘肃环县建塔，还约定从天黑开始建造，鸡叫前建成。三娘娘碧霄心灵手巧，鸡还没叫就建成了环县塔，于是就搞了个恶作剧，拉开嗓子学公鸡叫鸣，这一叫引诱周围的鸡全叫了起来。大娘娘云霄、二娘娘琼霄听到鸡叫，放弃了建造，肖金塔顶子没有建成，三元塔只建了两层半截。

老妈的故事让我对环县塔有一种莫名的好奇，长大后曾几次瞻仰它，但一直没有过多的研究。2005年担任环县旅游局局长，在建设灵武台公园时有缘走近这一高大神秘的砖塔。

环县北关灵武台是一块风水宝地，是唐肃宗登基的地方，又是清知县高观鲤笔下的"环县八景"之一。在灵武古台上，矗立着高22米的宋代砖塔，它虽历经千年风雨沧桑，但骨体依旧，雄姿依然，已成为环县标志性文化符号。

环县民间多认为环县塔为唐塔。清乾隆十九年，即1754年，高观鲤编修的《环县志》中记载："古塔寺，在北门外一里，唐贞观时建，嘉靖九年（1530年）重修，万历十八年（1590年）又修，明末兵火煨烬，唯留古塔一座……"

20世纪60年代，甘肃省博物馆专家实地考察了环县塔，根据建筑风格认定为宋塔。1962年，甘肃省人民委员会公布了全省第三批省级文物保护单位，"环县塔"首次以宋代砖塔身份进入公众视野。

1993年出版的《环县志》记载："1264年（宋理宗景定五年，蒙古世祖忽必烈中统五年）8月，环县塔落成。"

2014年9月，环县博物馆专家在测绘环县塔时意外发现，第五层南门洞一块平砖上刻有"永兴军泾阳县、砖匠人□秀、作下张义□□、庆历三年七月"4行文字。他们从文字断定，环县塔始建于北宋庆历三年，即1043年，比原记载1264年早了221年，距今976年。

环县塔是一座八角五层仿木结构楼阁式砖塔，塔身以砖镶砌而成，首层离地面较高，超过塔高四分之一，向南有门通内，门外两侧饰莲花浮雕，内辟八角形塔室。塔顶为铜质塔刹，塔刹下部为圆台体，上部呈葫芦状，8尊小佛用铁索拉曳，造型精巧，堪称一尊艺术精品。

关于塔顶8条铁索也有一段传说。相传有一股土匪窜入环县，看见塔顶熠熠生辉，以为纯金所制，遂命众兵士毁塔取顶，牟取暴利。先是万炮齐轰，而砖塔岿然不动。首领恼羞成怒，又以釜底抽薪之法，命部下从根底拆挖。霎时砖飞土扬，塔体将倾。忽而天昏地暗，狂风骤起，飞沙走石，将毁塔士兵卷入半空，摔得粉身碎骨。狂风过后，塔顶竟然有8尊小佛拉紧8条铁锁，塔底被淤砂和砾石拥护，坚固如初。首领一看，惊恐不已，叹道："此乃神灵庇佑，吾辈岂敢轻举妄动！"遂命停止毁塔。此后，环县塔屡遭兵燹，却安然无恙。

环县塔是庆阳市乃至甘肃省至今保存最完整的宋代砖塔之一，显示了古代高超的建筑艺术。2013年3月，它以宋代建筑身份进入4295处全国重点文物保护单位大家庭，成为甘肃省131处全国重点文物保护单位之一。

巍巍宋塔，高耸入云。在兴旺发达的今天，它不再仅仅是一座佛塔，而已成为超越宗教、超越时空的地标。它高大的身躯已成为环县一座永不湮灭的心灵灯塔，它神秘的灵魂已成为环县人民永恒的精神依托。

（刊发于《西部散文选刊》2020年第6期）

登文昌阁，感悟传统文化

　　每年大年初一，不管刮风还是下雪，我总会登上环县西山文昌阁，怀着无比崇敬的心情，瞻仰"万世师表"孔子圣像，感悟圣人精神风范，接受传统文化洗礼。

　　清晨，我徒步穿越寓意"平步青云"的环江"步云桥"，沿着水泥台阶拾级而上。行至"润物亭"休息片刻，抿一口随身带的庙儿沟泉水，环视四周，成片的树木虽然失去了暖日的葱茏，但依然挺拔傲立，接受严寒考验，迎接春天到来。最是那松柏树，不畏大雪压顶，挺着脊梁，披着绿装，泰然自若地立于天地之间。我品味着陈毅元帅"大雪压青松，青松挺且直。要知松高洁，待到雪化时"的诗句，精神为之一振。

　　用脚丈量千余台阶到山顶，站在八卦台前凝望，"文光射斗"牌坊上"琴棋书画""梅兰竹菊""鲤鱼跳龙门"的吉祥浮雕，让我感悟到了中国传统文化的奥妙。默默朗诵"万壑吹嘘扬西山爽气；千峰造势长北地精神""环水长流通四渎；文昌高耸接三台"的楹联，深感神清气爽。

　　进入大院，我站立状元桥上展望，文昌阁坐北向南，青瓦红墙，斗拱上翘，檐牙高啄，球形盖顶，高耸入云。左右有钟鼓二楼，敲钟击鼓，钟鼓声声意幽幽，似有警觉醒悟之感。

　　瞻仰文昌阁的游人络绎不绝，有精神矍铄的老年人，有意气风发的中青年，有天真无邪的小花朵。个个怀着一颗虔诚之心，恭敬地点燃高香，插在文昌阁门前大香楼里，寄托了他们美好的祝愿。一缕青烟袅袅升起，随着风儿把人们的期盼带到了神秘的天宫。

　　进入文昌阁一楼，大殿正中竖立一尊孔子铜像，他身材魁梧、英俊慈祥、气度儒雅，让人感到和蔼可亲，使人顿生万般崇敬。铜像前，莘莘学子虔诚叩拜，默默许愿。我不敢怠慢，在心境缓缓回归宁静那一刻，不由自主地融入膜拜队列之中，接受"学而时习之，温故而知新""学而不

作者在文昌阁

厌，诲人不倦""三人行，必有我师"的名言警句熏陶。

有资料显示，全世界有孔庙 2000 多座，分布在中国、日本、越南、朝鲜、美国、印度尼西亚、新加坡等诸多国家，中国就有 1600 多座。它蕴含着人们对儒家思想的认同，体现了人们对孔子的无比崇敬。

孔子出生在春秋战国时期，他创立的儒学存活了几千年，具有强烈的历史感、文化感、道德感，他推崇"礼、义、廉、耻、仁、爱、忠、孝"的价值观，拓宽了中华文化的本质内涵，规范了炎黄子孙的言行举止，造就了温良忠厚、礼貌友善、刻苦认真的民族气质，使泱泱中华成为地球上的礼仪之邦。

孔子是仁人、智者、勇者、圣人。他的儒家思想如一盏光芒四射的灯塔，照亮了华夏文明的视野，给后人们留下了无尽的启示……

随着游人脚步，我登上了文昌阁五楼。扶栏远眺：连绵不断的高山大川、一望无际的沟壑残原、拔地而起的高楼大厦，还有那古朴沧桑的战国秦长城、萧关古道、灵武古台、宋代砖塔、明代老城和绿树成荫的环江民俗文化风情线尽收眼底，使我心旷神怡。

　　巍巍文昌阁，环县不朽的地标建筑。至圣孔夫子，我心目中永恒的精神风范！

（刊发于《西部散文选刊》2020年第6期）

名山花海醉游人

打开手机，一幅幅照片让我惊喜，一篇篇美文让我震撼。细细品味，环县东老爷山脚下成片的向日葵一浪高过一浪，是那么的漂亮，那么的唯美，那么的醉人。我仿佛置身于花海深处，仿佛闻到了花的味道。

带着浓浓兴致，登上了环县发往东老爷山的中巴。车上20多号人，大多是环县的作家和艺术家。一路上，大家无拘无束，尽情发挥。豪放的秦腔、绵绵的民歌与阵阵欢声笑语，组合了简洁而又耐人寻味的黄土文化畅想曲。

向窗外凝视，天高云淡，群山连绵。黄土高坡上条条梯田，千层万叠，如诗如画。成片的洋芋、玉米、黄豆、葵花、荞麦、谷子、糜子长势喜人，丰收在望。成林的果树，黄澄澄的梨、红彤彤的苹果挂满枝头，美得让人陶醉！

东老爷山葵花节开幕式设在耿湾乡早流渠村石原畔新农村小广场，舞台搭建在向日葵花丛中，主题是：登兴隆之巅，沐伟人光辉，游千亩花海，品乡村生活。

在热烈的掌声里，早流渠村13位葵花种植大户披红戴花、神采奕奕地走上领奖台，脸上洋溢着丰收的喜悦。

歌唱家熊有堂、陶晓东登台亮相，亮开歌喉，把一曲曲熟悉的歌曲献给观众。随着《朵朵葵花向太阳》的旋律，小学生头戴向日葵花环、手握向日葵花朵翩翩起舞，好似葵花仙子下凡，现场顿时高潮迭起，雷鸣般的掌声响彻云霄。

采风作家、艺术家走近老百姓，在新农村街道"葵花向阳，我心向党"横幅下各献技艺。美术家道金平等现场挥毫泼墨，把一幅幅书法、美术作品捐献给村民。作家李亚明把自己的散文集《山高水长》签名赠送给村民。艺术新秀吴颖瑛穿行于人群中，把抓拍的精彩瞬间编辑成美篇，分享给村民……

午时，我们走进了蓝天白云映照下的向日葵花海。

那一片花海，朵朵向日葵随风摇曳，阳光般的色彩，阳光般的灿烂，仿佛向我们点头微笑。那微笑像朋友的微笑，像亲人的微笑，更像爱人的微笑，是那么的温和善良，那么的平静悠然。

细细端详，花朵上，蜜蜂在穿梭，忙碌着采集花粉。花盘里，油蛉在低唱，蟋蟀在弹琴，美丽的蝴蝶翩翩起舞，粉的、黄的、紫的、蓝的……花丛里，喜鹊、麻雀、山雀、啄木鸟，还有不知名的鸟儿飞来飞去，叽叽喳喳，好似在向我们讲述着秋天的故事。

前来赏花的游客络绎不绝，他们纷纷拍照，为秋天留下精彩瞬间。天空遥控摄像小飞机飞来飞去，它要把"人在花中走，犹在画中游"的美景摄录下来。"太震撼了！""美醉了！"的赞叹声不绝于耳。

忽而一股清风吹来，沁人心脾的清香将我的思绪带到了童年时代，带到了生我养我的家乡。

蓝天白云下，广袤的田野里，母亲将一粒粒向日葵种子播进春天的土壤里。几天后小苗顽强地钻出地面，在阳光普照下，在雨露滋润下，在母亲抚育下，一天天长大。中秋，美丽的花盘向着太阳点头，向着母亲微笑，整个田野变成了金色的世界。这个世界，因为有母亲，有无数母亲而变得如此绚丽多彩，充满着无限生机和希望……

午饭后休息片刻，随着讲解员小杨的脚步，再次登上"鸡鸣听三省"的道教名山——东老爷山，聆听古老传说，观赏美丽风光，感悟道教文化，瞻仰伟人雕塑，接受红色洗礼。"俱往矣，数风流人物，还看今朝！"

接着，四合原旅游开发办主任胡海东带我们走进了东老爷山采摘园。几亩大的园子，紫溜溜的茄子，绿油油的黄瓜，红彤彤的西红柿，胖乎乎的白菜……应有尽有，恬淡悠然的田园画卷再次走进我们的视野。大家提着袋子，捧着篮子，一边采摘一边拍照留念，欢声笑语弥漫在采摘园里，浮躁和烦恼仿佛被这乡间小景淹没得荡然无存。

时间过得真快，不觉夕阳西下，火焰般的嫣红透过朵朵云层，把东老爷山照得金光灿灿，仿佛那一瞬间，东老爷山变得韵味十足……

（刊发于《环江》2019年秋刊）

环县皮影访问意大利

说起环县道情皮影，还真有不少值得回味的故事。

清朝，环县出了个皮影大师解长春，唱红了陕甘宁。20世纪50年代，环县皮影戏班赴北京演出，受到了毛主席、周总理的接见，这是甘肃"陇剧"的前身。1987年以来，环县皮影戏班先后赴意大利、法国、德国、奥地利、荷兰、比利时、瑞士、加拿大、俄罗斯、埃及等国演出，被誉为"来自东方魔术般的艺术"。

看着过去"一驴驮"的环县道情皮影戏班，今天已成为文化外交名片，代表祖国漂洋过海演出，我的心里有说不出的高兴，随即走访了皮影艺人史呈林。他就环县道情皮影访问意大利的前后滔滔不绝地讲了起来。

1986年元月，甘肃省文化厅厅长刘万仁在北京出差期间，与中央美院著名教授靳之林先生谈到了环县皮影戏。刘万仁说："环县道情皮影戏很兴盛，全县几十个戏班常年活动在城市乡村，是农村主要文化娱乐活动。"靳之林听了惊讶地问："唱腔、演技如何？"刘万仁说："唱腔原汁原味，音乐优美动听，挑纤灵活独特。"靳之林问："出国演出行吗？"刘万仁说："培训一下绝对没问题，有空请您看一场。"

5月初，靳之林到了西峰，省文化厅及时与环县联系。环县抽调我的戏班赶赴西峰，在小什字剧场演了6场。靳之林看后大加赞赏，当即表示，若有出国机会，他一定全力推荐。

1987年7月初，意中友好协会和库普公司与中国人民对外友好协会联系，特邀中国皮影戏在意中友好15周年纪念活动期间到他国访问演出。在靳之林举荐下，环县道情皮影戏班确定为出访演出艺术团。10日，刘万仁及庆阳地区文化处领导赶赴环县。环县从民间抽调20多名道情皮影演唱人员参加出国演出选拔。通过筛选，慕崇科为艺术指导，我和董建荣、梁维君、耿怀玉、郑九荣、谢正礼等6人为演唱人员。后两个月，我们除精心排练外，还参加了县上举办的出国知识培训班。

9月初，环县接到了出国演出通知。6日，慕崇科带我们6人从环县前往西峰。7日晚在西峰剧院汇报演出，地委书记黄续祖、地区文化处处长吴耕等领导观看并审查了剧目。9日，演出团从西峰乘坐班车前往兰州。10日，省文化厅刘万仁等领导接见了演出人员，为每人配发了中山装。11日，演出团在省文化厅汇报演出，省委宣传部、省文化厅领导观看了剧目，对演唱表示满意，还就出国事宜做了说明。13日18时，演出团从兰州出发，乘坐122次列车前往北京，因火车晚点，15日10时40分到达。16日13时，演出团在中央对外友好协会礼堂汇报演出，中央对外友好协会会长张文敬、副会长凌青，处长朱启桂，欧洲部副主任樊泄光，文宣部领导许甲三、洪道源及叶东海等观看了剧目，对演出高度评价和赞誉。正式成立许甲三为团长、刘晓渡为翻译、慕崇科为艺术指导、我们6人为演唱人员的"中国民间皮影艺术团"。18日晨，中央友好协会召开专题会议，张文敬、许甲三等领导分别讲话。张文敬说："这次出国演出很重要，他代表的不仅仅是一个县、一个省，而是一个国家，希望大家高度重视，只许成功，不许失败……"许甲三说："意大利的生活习惯和我们中国不大相同，大家要讲文明，讲礼貌，讲究卫生。演出剧目最好是折子戏，时间不超过一个半小时……"

21日22时10分，艺术团全体人员乘坐936次波音747西欧航班机飞往意大利。飞机沿古丝绸之路西行，在穿越蓝天白云的飞行中，大家心情久久不能平静，昔日山沟沟里的土艺术家，今天一下子变为促进意中人民友好的使者，不仅感到光荣，而且颇感责任重大。正如友协领导所说的，艺术团代表的是一个国家。此刻，我们个个暗下决心：要成功，不能给国家丢脸。

飞机飞行中，因加油、大雾弥漫无法降落等原因，22日20时到达意大利罗马机场。前来迎接艺术团的有驻意大使馆文化参赞刘女士、李伯超先生及意中友好协会同志。艺术团全体人员住罗马市中心一家宾馆。（以下为意大利时间）下午，艺术团应邀参加了罗马销售公司宴会。23日晨，艺术团游览了梵蒂冈国教堂。晚，意中友好协会会长、副会长接见并设宴招待了艺术团全体人员，餐桌上协商了演出日程。初步确定在意大利活动50天左右，每个城市2天至4天。在罗马活动4天，第1天装台准备，第2天演出两场，上午为少儿专场，下午为成人专场；演出剧目为《天官赐福》《水漫金山》《罗通扫北》《柜中缘》《盗仙草》等折子戏；后两天，艺术团游览了罗马城、斗兽城、博物馆、商业中心。

27 日 15 时，艺术团乘坐专车先后抵达里窝那、佩扎罗、莫德那、波罗尼亚、佩鲁贾、勒佐米利亚、佛罗伦萨、曼图瓦、米兰、福里尼澳等城市。在佩鲁贾、波罗尼亚市各演出 3 场，其他城市各演 2 场。旅游参观的景点和工厂有里窝那市比萨斜塔、海边小山，佩扎罗市海边，威尼斯市钟楼、小岛、水上城市，莫德那市工业区、古城遗址，佩鲁贾市粮油加工厂、养牛厂、游乐园，库普公司食品加工厂，靳佐米利亚市宰牛场、制酒厂，世界第三大教堂——米兰市教堂、伏特纪念馆，福里尼澳市 COOP 公司面条加工厂、贝鲁贾市鸡制品厂，罗马市帝国市场、地下墓穴、海上港口城市遗址、地下教堂、中央广场、古堡等。应邀参加了 10 月 16 日库普公司举办的"庆祝意中人民建立友好关系 15 周年晚会"。总的来说，艺术团每到一处，都受到异国友人的热烈欢迎和热情招待。艺术团多数人员不懂意大利语，全靠翻译，但每到一处，从异国友人的动作表情可以看出他们对中国民间艺术是何等热爱和渴求。

说到演出，却有不少值得回味的事件。意大利人把看戏当作高尚的社交活动，观众们都盛装出席，彬彬有礼地进入剧场。当艺术团演出《柜中缘》的跑驴、《盗仙草》的蛇鹤变化和《罗通扫北》的马上武打时，剧场不时响起"噫""啊"的惊叹声，热烈的鼓掌声和"好极了"的高呼声。演出结束时，好多观众拥上舞台，向艺术团祝贺，有的用惊异眼光注视着静止的皮影人物，赞叹地说："这么多人物形象，色彩又这样美，音乐又使他们活了起来，东方艺术真是奇妙极了！"在佛罗伦萨演出时，一位挂着拐杖的残疾青年吃力地跳上舞台，想看中国皮影制作艺术，得到允许后他把皮影抱在怀里说："真是太美了！"艺术团将一枚"友谊"纪念章别在他胸前时，他激动得热泪盈眶，亲吻着纪念章说："谢谢，我将永远保存它，就像保存着这美好的记忆。"莫德纳市两位市长观看演出后大加赞赏，演出结束时，他们将本市市徽和一只银盘赠送给艺术团。贝鲁贾《民众报》对艺术团演出做了专题报道："精彩的东方艺术那样丰富，演出表现很有感情，所有观众都能看懂，他们的演出轰动了贝鲁贾！"

其间，艺术团专程访问了皮恩察市皮影团，与文化界朋友进行了交流探讨。市上专家了解到艺术团都是未经训练的民间业余演员时，感慨地说："了不起，中国农村孕育了这么高超的艺术，真不愧是文明大国。"

驻意使馆领导观看演出后激动地说："这次访问演出很成功，他不仅是中意两国人民友好往来和文化交流的继续，而且成为宣传祖国、宣传甘肃的靓丽名片。希望你们回国后，不断提高演出水平，有机会再来意大利献艺。"

11月10日，艺术团圆满结束了访问演出。16时30分（北京时间23时32分）告别了异国，登上了罗马发往北京的民航班机，11日11时30分到达北京。12时，友协为艺术团举行了接风宴会。11月12日至12月12日，慕崇科和我们6个演职人员由友协包吃包住包车，参观了北京各大旅游景点，饱览了城市风光。12月13日离开北京，14日到达环县。

现在，环县是"中国皮影之乡"，环县道情皮影已列入国家级非物质文化遗产名录，成为中国文化外交一张靓丽的名片。

（刊发于《陇东报》2003年9月25日）

大山深处的南湫

　　一想到南湫，我就想到了大山。环县出门就是山，老百姓你住在这个山坡，他住在那个峁头。他们选择阳坡洪水冲刷的山圪崂修崖面，挖窑洞，祖祖辈辈住了一年又一年，辛苦了一辈又一辈。

　　我没去南湫之前，从同事口中得出好偏、好远、好落后的预想，是一个快要与世隔绝的地方，是一个人类不易生存的地方。几年前，我在《陇东报》头版显耀位置看到"南湫乡街道灯火辉煌，庆阳告别无电乡……""柏油路通往南湫乡，庆阳实现乡乡通油路……"的消息，可见南湫已成为甘肃庆阳偏远闭塞、贫穷落后的代名词。

　　南湫乡位于甘肃省庆阳市环县最北边，距县城 150 多公里。听同事说，20 世纪 80 年代刚成立乡政府时，全乡仅有一部摇把子电话。通往县城一条曲折绵延、凹凸不平的土路，遇到暴雨几个月不通车。土街道不足 100 米，刮风一股土箭，下雨一摊泥水，平时几乎看不到人影，只有逢集才有买卖交易。干部职工都不愿到那里工作，书记、乡长到任后，只要能待下来看住门就是个好官。

　　南湫乡面积大，刚包产到户那会，全乡 6000 多农民守望着黄土高坡上 400 多平方公里的贫瘠土地。播种季节，农民把能种的地全种上，期盼着下雨。雨下好了，种 1 年吃 3 年，天不下雨，连籽种都丢了。"种了一摞子，收了一抱子，打了一帽子"的顺口溜就是歉收年的真实写照。农民最大的奢望是："百亩薄田一对牛，毛毛喜雨时时有，老婆娃娃热炕头。"

　　一晃几十年过去了，现在南湫乡发展咋样？只有看了才能知道。

　　仲秋一天，环县原人大主任李元考说，反映山城堡战役的《陇原英雄传》电视剧要开拍了，约我与他一道赴南湫乡选外景拍摄点。我欣然应允。

　　车子出了县城离开 211 国道，行驶于绵延曲折的柏油路上，穿越一座座大山、丘陵、沟壑……山丘越来越大，人烟越来越少，十几里路才可看见一个庄头或几户人家。直觉告诉我，这就是大山深处南湫乡的某一个村。

忽而，山巅一眼望不尽的风力发电机组映入眼帘。偌大的银色柱子上，一排排叶轮好似飞机螺旋桨那样不停地转动着，刺破了天空，擦亮了云朵，成了大山深处一道靓丽的风景线。

记得十几年前《陇东报》登载过"借用风婆一把力，山村喜挂夜明珠"的消息。消息称：南湫乡几个大户购置了小型风力发电机，解决了照明和看电视的难题。这则消息荣获了全省新闻"好标题奖"。今日，庆阳市最后一个通电乡，却要把风婆的动力转化为电能输送到全国最需要的地方去，这的确是个奇迹啊！

还在浮想联翩，已到了南湫乡街道。恰逢集日，我们边逛集边往乡政府走。我看到，笔直、整洁、宽敞的街道两旁停满了车辆，熙熙攘攘的人群一眼望不到边，几十家门店顾客爆满，一家挨一家摆地摊的商贩生意兴隆，讨价还价声不绝于耳。

饭桌上乡人大张主席说：以前他们走一趟环县最少需要6个小时，现在通了柏油路，2个半小时足够了。午饭吃羊羔肉。在大山饱食了"地椒椒"的羊，宰杀的肉不腻不膻，好香！

饭后第一站看赵老五堡子。这是一处坐北面南、四面高墙的土围子。三面临沟，开门一面依山，长30丈、宽20丈、高一丈五，厚丈余，墙四角顶部建炮楼，底部有暗道，正中设高台。乍一看，确是个易守难攻的防御工事，怪不得他在南湫能盘踞多年呢！站在赵老五炮楼上展望：山坡上条条梯田，千层万叠，如诗如画。成片的洋芋、玉米、黄豆、荞麦、谷子、糜子丰收在望，美得让人陶醉！

第二站看大窑。早听说南湫有好多大窑，带着浓浓兴致来到东圈自然村老李家，他就住在一孔老窑洞里，窑洞宽10米、深20米有余，为坚固用砖箍了一圈。窑洞前面是客厅，皮革沙发，大理石茶几，电视剧、电冰箱、洗衣机、饮水机应有尽有。中间用布帘子隔着，后面是库房。我看见5个粮囤倒得满满的，几十个麻袋装得鼓鼓的，足有2万斤粮食，存粮的习惯至今还保留着。他还带我们看了几孔废弃的老窑洞，其中一孔更宽更深，他说自家养了150只羊，就当羊圈用了。

秋天日头短，不觉夕阳西下，余晖透过朵朵云层，把大山深处的南湫照得金光灿灿。

（刊发于《陇东报》2018年7月30日）

写 / 意 / 华 / 夏

观音山——心灵的净土

到东莞出差，巧遇朋友老罗，他约我去观音山。

想象中，东莞是个流光溢彩、灯红酒绿的繁华闹市。听说有观音山，霎时来了兴致。

我曾到山西五台山拜过文殊菩萨，到四川峨眉山拜过普贤菩萨，到海南拜过观音菩萨，到敦煌莫高窟拜过弥勒佛。凡有佛的地方，都想去拜拜。

带着好奇和渴望，坐上了老罗的私家车。路上，老罗告诉我：很久以前，观音山叫大尖山，传说有一年，观音菩萨驾云从南海而来，看见这里青山绿水、优雅宁静、瑞气缭绕，便上了岸。

原来如此！

车子在山门前停了下来。进山路有两条，一条是佛光路，沿山脊走；一条是佛缘路，沿山谷走。佛光路可坐观光车，而佛缘路要徒步爬山。因我为拜观音而来，于是选择了佛缘路，开始了一场虔心礼佛之旅。

一路上，林木吐绿，百花斗妍，溪水涓涓，怪石嶙峋。迎接阳光的沐浴，接受雨水的润泽，品味时光的清宁，体验修身的快乐，顿觉神清气爽，心旷神怡。

一路上，蝶飞蜂舞，鸟语蝉鸣，蛐蛐低唱，蟋蟀弹琴。听林间鸟鸣的惬意，揽山间夜雨的诗意，看陌上花开的画意，清了纸笺上的墨印，浅了岁月留下的痕迹，还了一方与世无争的净土。

一路上，古木参天，盘根错节。树枝上系着千万条写满祝福的彩带，随风摇曳，似乎在向观音表白：这是我的祈祷。每走几十步，会看见悬挂或竖立的牌子，上书佛语禅言，浓浓的佛教文化气息扑面而来。

行行走走，忽听得滔滔流水声由远而近，转眼间，一道瀑布进入视线，一泻直跳三十六级，在注入水潭一刹那，一朵朵白色浪花腾空而起，

作者在观音山

形成蒙蒙水雾，给山涧披上了一层薄薄轻纱。

山路弯弯，连绵不断，而心境颇为宁静，正应了"一花一天堂，一草一世界。一树一菩提，一土一如来。一方一净土，一笑一尘缘。一念一清净，心似莲花开"的禅语，仿佛从遥远的天边而来。

几近山顶，峰回路转，观音寺映入眼帘。老罗告诉我，观音寺始建于盛唐，鼎盛于明清。这里千百年来，青灯不熄，香火不断，信士众多，游人如云。

小心翼翼跨过寺院高高门槛，一铙一钹一大磬，一镲一鼓一木鱼，悠扬的佛乐，朗朗的梵音，霎时沁人心脾。屏住呼吸，瞻仰大雄宝殿、观音阁、三圣堂、地藏殿、藏经阁、千佛台，虔诚叩拜佛祖、菩萨、四大天王、十八罗汉，在悄无声息中接受佛教文化熏陶。

出观音寺，过"不二法门"牌坊，放眼望去，浩瀚云海之下，空明灵台之上，观音菩萨端坐山峰最高处，头戴金冠，身披袈裟，左手托净水瓶，右手握杨柳梢，眼观六路，俯瞰大地。好似指弹净水，洗涤众生，净化心灵。好似告诫人们：以菩提心，珍惜福缘，善待一切，广种福田。

晚饭在广场边一家饭馆吃素斋，老罗点了"三菇六耳"烹饪的"佛门妙香"，18样菜肴组合的"十八罗汉斋"。怀着清净之心品尝素斋，别有一番风味。

夜，更有诗情画意。皎洁的月色，洒满整座山，给观音山披上银色的外衣。月光下，游客的欢声笑语像一首和谐的小夜曲。忽而一阵晚风吹来，轻拂脸颊，清凉无比，仿佛一切世俗尘埃荡然无存。

啊！这就是我的心灵净土。

（刊发于《人民文学》2019年增刊，荣获《人民文学》美丽中国征文奖，入选"2019年西部散文排行榜"优秀作品）

初识老祖寺

5月初，约朋友一同来到湖北黄梅县老祖寺，实现了"到六朝古刹听晨钟暮鼓，念阿弥陀佛，吃佛家斋饭，接受禅的洗礼"的愿望。

登上了紫云山，放眼望去，群峰耸立，云雾缭绕，松竹吐绿。莲花峰、碧云湖、老祖寺相互衬映，相得益彰，灵山秀水，美不胜收。漫步小径，蝶飞蜂舞，鸟语深林，花红草绿，野芳幽香。登高俯瞰，7座山峦相聚并列，好似莲花7片花瓣，莲花峰名不虚传。老祖寺坐其间，背靠主峰，面临莲池，莲心吐蕊，花瓣托心。山门木柱上镶嵌着一副对联：奇峰绕寺莲千瓣，宝镜当门水一池。正是对老祖寺景观的绝妙写照。

进入山门，大师们个个颔首微笑，合掌迎接。步入参观队列，崇延法师全程导游，他边走边讲：老祖寺古名老寺，紫云山寺，是印度高僧千岁宝掌禅师开山创建。这位禅师人称佛门第一寿星。他年高腊长，被尊为老祖，所创伽蓝称为老祖寺。

缓缓进入大雄宝殿，合掌叩拜佛祖中，诵《波罗蜜多心经》一遍。一份恭敬，一份虔诚，一份夙愿，一种情怀。

漫步禅院，楼阁相连，回廊曲折，环环紧扣，疑似无路，柳暗花明。院落16尊小沙弥，神态各异，妙趣横生。雕像基座上，刻有偈语：善用其心，善待一切。禅房墙上题有禅曲：春有百花秋有月，夏有凉风秋有雪。若无闲事挂心头，便是人间好时节。途中，欣赏了珍贵的墨宝、壁画、对联、木雕、石刻、盆景、花卉，感受到了浓浓的文化氛围。细心领悟，处处禅机。

午饭在斋堂吃，与众僧同餐，全是素食。大师把吃饭称"过堂"。其间，和尚领诵经文，要关闭手机，不准有任何声音，不准跷二郎腿，不准剩菜剩饭。"过堂"结束后，自己洗刷碗筷。在斋堂墙上，我看到这样的警示：施主一粒米，大如须弥山。修行不了道，看你拿何还。由此可见法师们的良苦用心。

　　饭后瞻仰慧公纪念堂。佛龛里，一尊净慧大师塑像参禅打坐，像前水晶塔安放着慧公真身舍利子，透过小孔可以瞻看。听崇延法师讲：中国佛学院创立时，净慧长老第一批入学深造。毕业后因佛学修养深厚，曾担任过《法音》杂志主编。他的最大贡献是创立了生活禅学派，既有理论著述，又有实践示范。在河北赵州柏林寺任住持时，开办过生活禅夏令营，宣讲"觉悟人生、奉献人生"的理念，提出"在生活中修行，在修行中生活"的主张，引导信众走进禅，了解禅，感悟禅之智慧、禅之清凉、禅之慈悲、禅之洒脱。2003年他放弃河北教职，回到故乡，就任四祖寺和玉泉寺方丈，化缘重修老祖寺，营造规模宏大的生活禅专修道场，创造了佛界生涯中最为辉煌的壮举。

　　晚，品黄梅禅茶，悟"禅茶一味"之哲理，住老祖寺寮房，又是一番情趣。

　　走出老祖寺，"在生活中修行，在修行中生活"的禅语经典一次又一次在脑海里回放，顿觉肺清，胃清，心清，一身轻。

　　（荣获西部散文学会主办的首届"紫云山杯"全国散文征文大赛一等奖）

游贵州看瀑布

到贵州黄果树，还未看到瀑布，却已听得滔滔水声。快步前行，咆哮声越来越响，像风雨，又像潮水，似笑声，又似歌声……

转眼间，偌大的瀑布进入视线。举目展望，一道白涟悬空而降，千万条水丝，如银河倾泻，似喷云飞雪，连绵不断，无穷无尽。强大水流跌入岩壁潭底，溅起巨大浪花，如雨雾般腾空飞起，随风飘散，在蓝天白云映照下，在青山绿树衬托下，越发显得美丽绝伦。正如旅行家徐霞客描述的"一溪悬捣，万涟飞空"。

同行者为之绝美壮观而震撼不已，纷纷端起照相机尽情拍摄，要将这美丽瞬间存入个人空间，分享给亲朋好友。

正忙于拍照，忽听得"看水帘洞去！"的吆喝。顺着瀑布半山腰小道前行，进入水帘洞，浓浓水雾扑面而来。穿越洞穴，好似到了不遮雨的茅草屋，洞外"大雨"，洞内"小雨"，小雨点不时飞洒到我的脖颈和脸颊上，顿觉清凉无比、舒服至极。地面上聚积了一洼洼小水潭，一不小心就会弄湿鞋子。岩壁上许多裂缝，像一扇扇小窗。透过小窗向外眺望，哗哗流水如雄狮怒吼，倾泻水涟飞流直下，织出一道道靓丽风韵，为小窗挂上如珠如丝的帘子。听导游讲，这就是电视连续剧《西游记》中水帘洞的拍摄地。

还沉醉于瀑流合奏的交响声中，又来到了天星桥景区。沿着石间小道前行，随处可见石山、石崖、石壁，错落有致地插于水中，倒映出无数幅美丽画卷。略高出水面散布着大小、形态不一的石块。踩着石块蜿蜒前行，忽而发现每块石上都刻有日期，一块为一步，一步为一天，从第一步1月1日起，到12月31日至，整整365步。同行者边走边数，有的到自己"生步"石上默默许愿，留影纪念。走完生步石，过天星湖，映入眼帘的是根与藤的"童话世界"。途中到处是盘根错节的树根和藤条，有的粗

115

作者在黄果树瀑布

如碗口，有的细如柳丝。它们或横亘在小道上，或穿行于巨石崖壁间。细细端详，树根顽强扎根于石缝里，石头却又依偎在树根中，树根因石头大小、形态不一变化多端，千姿百态，形成了鸳鸯藤、寻根岩、九龙盘壁、雄狮把关、美女榕等奇特景象。出天星桥，观银链坠瀑布，奔腾的溪水忽而坠入一个巨型漏斗里，形成优美的弧线，像千万条大大小小的银链，奇妙而扣人心弦。

到了陡坡塘瀑布，引人入胜的不仅仅是瀑布，还有孔雀。在路边和草坪上，一群群孔雀，或立，或卧，或动，或静。也许是它们与人近距离相处太久的缘故，面对眼前好奇的游客，表现自如，无一丝恐惧。有的游客靠近它，与其拍照留影；有的设法让其开屏，一饱眼福。忽有人尖叫："开了，开了。"寻声望去，一只孔雀徐徐抬起堆在身上如折扇的长尾，向左右慢慢铺开，宛如一幅美丽屏风。第一次目睹孔雀开屏，心情十分激动，遂请同行者为我与孔雀开屏拍照留影。继续前行，一洼洼水池，群鸭畅游，划动绿水，摇摇摆摆；鸳鸯徜徉，或追逐嬉戏，或并肩畅游，时而发出柔美叫声，好不惬意。放眼望去，陡坡塘瀑布流水轰轰，在注入水潭的一刹那，一朵朵白色浪花腾空而起，形成蒙蒙水雾，给山涧披上了一层薄薄轻纱，却又是一番景致。

贵州瀑布，贵州风光，美不胜收，使人震撼，令人回味。

（刊发于《西部散文选刊》2018年第10期，荣获中国散文学会主办的2012年全国散文作家论坛征文三等奖）

陪老妈逛北京

老妈虽不识几个大字，但唱红歌在村子里是出了名的。

那年大年初一，老妈享用曾孙响头儿后被他们缠着了。曾孙们不要压岁钱，就要她唱首歌乐和乐和。老妈推辞不了，便清了清嗓子唱道："东方红，太阳升，中国出了个毛泽东，他为人民谋幸福，呼儿嗨哟，他是人民大救星……"

噼噼啪啪的掌声刚刚落下，上了半年幼儿园的曾外孙好奇地问："老太，毛主席是谁啊？他在哪里？您带我去看看嘛！"

"毛主席是咱老百姓的大恩人，是人民的领袖。他去世了，躺在北京纪念堂水晶棺材里。你要好好学习，以后考个清华、北大，有空就能看到毛主席。太太老了，走不动了。"老妈深情地说。

老妈与曾外孙的对话，让我心里百般不是滋味。

老妈大半辈子与黄土地打交道，最远只去过西安和银川。她没去过北京，怪就要怪我这个不孝的儿子。

我一边自责，一边认真地对老妈说："妈，今年五一放假了陪您去北京看毛主席，坐飞机去，您看行吗？"

"兴儿，妈都73岁了，又是高血压，去不成了。"老妈推辞着说。

"妈，看您身体还硬朗，我们多去几个陪您！"我说。

……

我终于说服了老妈，她痛快地答应了。

5月1日晨，我和大姐、妻子、女儿陪老妈乘坐小汽车从环县出发，13时50分到达银川河东机场，登上了东航发往北京的班机。

飞机起飞前，按照空姐演示，我为老妈系好安全带，叮咛她飞机起飞和降落时要闭上眼睛，防止血压升高引起眩晕。

飞机在跑道上滑行，越跑越快，忽而离开地面，升向高空。而老妈心

作者（右）与母亲、妻子、大姐、女儿在北京

情激动怎会闭上眼睛呢！我看见她目不转睛地朝着窗口凝望，像个天真烂漫的孩子，不时流露出灿烂的笑容。

飞机在上万米的高空翱翔，乘风破雾，将一座座山丘、川台、平原、沟壑、沙洲和一条条大江、河流、小溪、铁路、公路丢在脑后。忽而机舱有些颠簸，空姐向乘客提示：现在飞机距地面11000米，遇到了大气流，大家不要惊慌。大约30秒飞行恢复了正常。这时，空姐送上了茶水、咖啡、饮料、小食品和盒饭，乘客每人一份。我们津津有味地吃着、喝着，餐后老妈把印有"中国航空"字样的小塑料杯装入手提包留作纪念。

飞机飞行1小时22分开始降落，窗口视线里，美丽的华北平原由小变大，河流、公路、高楼、农田由模糊变得清晰，一幅美丽的都市画卷展现在面前。忽听得"轰隆"一声，飞机安全着陆，滑行了一段后顺利地停进机场跑道。

为出行方便，我们选择距天安门广场比较近的一家小旅馆住宿，虽然房间不大，但还比较干净。在旅馆里，老妈兴奋地说："兴儿，妈在地里干农活时常看着天上飞机飞来飞去，想不到今儿都坐到上面了，咱们村子和我年龄差不多的老年人有的连汽车都没坐过，你尽孝了。"我说：

"妈，您为子女付出得太多太多，现在社会好啊，有这个条件，陪您坐飞机是儿子应该做的。"

5月2日天还没亮，老妈就催我起床。6点左右，我们乘坐地铁到了天安门广场，徒步向毛主席纪念堂方向走去。但见这里已排了4行几千米长的参观队伍，还有不少外国人。为能早些瞻仰毛主席遗容，我急切地存放了随身小包和相机，买了鲜花，陪着母亲默默地跟上了这支队伍。

人群缓缓向前挪动，虽有数万人，却没有嬉闹，没有喧哗，也没有插队的。大家都是一个目的，希望这一神圣时刻早些到来。

约3个小时，我们随参观队伍进入了雄伟壮丽的北大厅。大厅中心是一尊汉白玉雕琢的毛主席坐像，背景是一幅《祖国大地》巨型绒绣画。我和老妈将买来的鲜花虔诚献上，深深地鞠了三躬。沿着工作人员指引，我们踏上朱红地毯，进入瞻仰厅。

瞻仰厅正面墙壁上镶嵌着"伟大的领袖和导师毛泽东主席永垂不朽"17个金色大字，中央鲜花丛中安放着水晶棺，8名武警守护左右，敬爱的毛主席身着灰色中山装，身上覆盖着中国共产党党旗，安详地躺在水晶棺里。棺座四周嵌着党徽、国徽、军徽和毛泽东生卒年份。老妈走到毛主席遗像头部时停了下来，细细端详着，是那么认真，那么恭敬。我看见她眼睛湿润了，泪珠不自觉地流了出来。此刻我深切感受到，那是整整一代人对领袖的崇敬感情。在工作人员几次提醒下，她才恋恋不舍地离开。

5月3日，我们游览了颐和园。颐和园是个有山、有水、有建筑、有景致、有文化的皇家园林，但要游完全景需攀登万寿山，这对老妈来说还比较吃力。但她说能行。于是，我们轮流搀扶着她，走一会儿、缓一会儿，先后参观了苏州街、仁寿殿、排云殿。到了佛香阁，母亲走不动了，我们就地休息。其间，我为母亲讲述了颐和园的故事，眺望了四周旖旎的风光。忽而一丝微风拂过，深深吸一口，清爽滋润，沁人肺腑。接着，我们顺台阶而下，来到昆明湖边，买了船票，登上了龙舟。龙舟在湖面上滑行，划出无数道优美的弧线，在阳光照射下，像为湖面铺上了一层薄薄的纱衣。身临其境，顿感大自然无极限的美妙。

随后三天，我陪老妈参观了动物园，看到了老虎、狮子、猴子和孔雀开屏，游览了故宫、天坛、鸟巢，饱览了首都美丽的风光。

（刊发于《北京阅读》2019年春刊，荣获甘肃省2018年"孝亲敬老"

优秀作品征集活动三等奖）

神奇热土韶山冲

怀着对毛泽东主席的无比热爱，我走近了仰慕已久的韶山冲。

韶山冲坐落在群山环抱之中，秀丽景色吐露着大自然赋予的灵气。毛泽东故居是一幢坐南朝北、凹字型土木结构农舍，房屋依山傍水，四周青松郁郁，垂柳婆娑。门前池塘绿水滢滢，荷花飘香。南岸绿浪滔滔，稻田重叠，一片美丽田园景象。

听导游讲，清光绪四年（1878年）毛泽东曾祖父买下几间茅草房，父亲将草房改成瓦房，有堂屋、退堂屋、厨房、火堂、横屋、卧室，共13间半，这就是毛泽东出生的地方，也是他青少年生活、学习、劳动和从事革命活动的地方。随着长长的参观队伍，近距离凝视毛泽东睡过的床铺和用过的锅灶、方桌、长凳、农具等，伟人气息和遗风扑面而来，强烈撞击着我的灵魂。

离开故居，徒步到毛泽东铜像广场。广场入口处有一块橘黄色岩石，上面嵌着"中国出了个毛泽东"8个大字。广场人山人海，车水马龙。穿越人

作者在毛泽东铜像广场

群，放眼望去，毛泽东铜像着中山装，左胸前挂"主席"证，手执文稿，气宇轩昂，目光炯炯，正视前方。

站在铜像前，久久仰视，真切目睹了一代伟人的骄人风采，感受到了海纳百川、吞日吐月的博大胸怀。踏着《东方红》雄壮的旋律，怀着一颗恭敬之心，在两名武警引导下，沿着红地毯缓缓前行，向铜像虔诚献上了花篮，深深地鞠了三躬。

接着，来到了"西方一个山洞"——滴水洞。穿越"洞门"，山水相依、松青竹翠、溪水潺潺、花开艳艳的美景映入眼帘。途中见一水池，池中数千条金鱼自由徜徉。1966年6月，毛泽东南下视察韶山，曾在这里住宿11天。随着导游讲解，看到当年主席睡过的床铺和用过的物件，仿佛看到了伟人的音容笑貌。

韶山归来，我的心里久久不能平静。韶山，一个小山冲。几多崇敬，几多感慨。此刻"东方红，太阳升，中国出了个毛泽东，他为人民谋幸福，呼儿嗨哟，他是人民大救星……"的歌曲又在耳畔响起。

（刊发于《西部散文选刊》2019年第7期，荣获第六届"东方红·伟人颂"全国文艺大赛银奖）

红色洗礼

从小就受到《朱毛会师》《一根扁担》《黄洋界保卫战》一系列生动故事的感染，一直想到井冈山看看，看看那里的一草一木，看看那里的一座座雕塑，看看那里的一块块丰碑……

4月下旬，带着考察学习任务，唱着"红米饭、南瓜汤，挖野菜、也当粮，毛委员和我们在一起，饭菜味道香……"的红色歌谣，踏上了井冈山这块红色土地。

作者在井冈山

走进革命历史博物馆，随着讲解员的步伐，依次参观了馆序厅、井冈山革命根据地的创立、井冈山革命根据地的发展、井冈山革命根据地的恢复、坚持井冈山的斗争、弘扬井冈山精神等7个展室。听着讲解员绘声绘色的讲解，参观雕像、实物、图片和声光大型场景，深深感受到历史的厚重，这不仅仅是视觉的冲击，更是心灵的震撼。

登上茨坪北山，瞻仰了革命烈士纪念碑，走进烈士纪念堂，映入眼帘的是大厅中央毛泽东题写的"死难烈士万岁"6个烫金大字，大厅摆放着党和国家领导人敬献的花圈，四周墙面嵌刻着 15744 位革命烈士名录。按照导游引导，向革命烈士献了花。

吃过午饭，来到了黄洋界。黄洋界位于湘赣交界，海拔 1343 米。这里峰峦叠嶂，地势险峻，气象万千，时常弥漫着茫茫云雾，好似汪洋大海，故名汪洋界。黄洋界哨口是井冈山革命根据地五大哨口之一。哨口扼守湖南酃县、江西宁冈上井冈山的要隘。1928 年夏，红军在这里修筑了 3 个工事，著名的黄洋界保卫战在这里打响。站在黄洋界观景，回味毛泽东"黄洋界上炮声隆，报道敌军宵遁"气壮山河的诗篇，仿佛听到了嘹亮的号角声，听到了红军奋勇的杀敌声。

最让人震撼的是晚上"以天为幕，以地为台，以山水为背景"的大型实景演出。大幕徐徐开启，几千平方米的巨幅红绸凌空而降，漫过烈士遗体，霎时化为铺天盖地的血海和红云。井冈山上，红旗在召唤革命队伍；八角楼上，油灯微光与北斗七星遥相呼应；红军驻地，朱德扁担挑起军民鱼水之情；送别路上，《十送红军》的旋律催人泪下。逼真的战场、180 度全景式画面，把现场观众带到了 80 多年前的峥嵘岁月。据介绍，参加演出的 600 多名演员大都是当地农民，他们先辈是当年的红军。演出结束，全体演员向我们挥手致意，随后一个个骑着摩托车返回，形成了一道靓丽的风景线。

随后参观了大井毛泽东、朱德、陈毅旧居，红军造币厂；坐缆车观赏了龙潭风景区"五潭十八瀑"山水风光；远眺了云雾缭绕、灵气十足的五子山；饱览了笔架山千姿百态、姹紫嫣红的杜鹃花。

巍巍井冈山，革命的摇篮，共和国的奠基石，牵动了多少中华儿女的情怀。

（刊发于《西部散文选刊》2019 年第 7 期，荣获 2019 年"井冈山杯"中国最美游记征文优秀奖）

在观音山，我遇到了母亲

　　去东莞的飞机上，我做了个梦，梦见一位老人背影像母亲，便匆忙去追，到眼前我发现是个白胡子老头。老头指着不远处一座漂浮在云海间的仙山说："孩子，那是观音山，到那里去找你的母亲……"待我回过神来，老头已飘然离去……

　　这个梦境给了我一个意想不到的惊喜。朝着机舱窗口遥望，我仿佛看到了蓝天白云间母亲的微笑，脑海里不时播放着母亲大爱的片段。下了飞机，坐上旅游大巴，导游说要去观音山，我像小孩子一样，心里霎时乐开了花。打开手机，在百度上搜到了观音山的信息。

　　观音山历史悠久，山势雄伟，林木茂盛，具有深厚的文化底蕴。相传，观音山为大慈大悲观世音菩萨初入中土时首处停留之所，其山顶观音古寺，始建于盛唐，古寺因有观音菩萨幻化三十六法身之说，故千百年来，青灯不熄，香火不断……

　　身为中国人，无论有无信仰，对观音菩萨并不陌生。观音菩萨以救苦救难为己任，在民间影响深远，她被苦难的人们创造，以庄严慈悲的化身来到人间，却又为创造她而深陷苦难的人们救苦救难。母亲信仰观音菩萨，在她眼里观音菩萨是一位佛法无边、能帮世人消灾避难的保护神，因而当地东老爷山过庙会，母亲再忙也要为观音菩萨守香。在叩拜观音菩萨时，我深感她的慈悲与母亲的大爱在本质上是一致的，都是伟大而平凡、无私付出而不求回报的。母亲就是最亲近的佛，母亲就是在世的观音菩萨。

　　观音山，未临此山，乍想之处，都有脱俗超凡的意境。

　　观音山到了，我选择佛缘路徒步爬山，开始了一场虔心礼佛之旅。

　　一路上，山道逶迤，林海滔滔，溪水涓涓，怪石嶙峋，蝶飞蜂舞，鸟语蝉鸣，花红草绿，野芳幽香，一步一景，处处禅语。让我在欣赏沿途苍茫风景时，全然忘却了旅途的疲惫，浅了岁月留下的痕迹，还了一方与世无争的净土。

往来游客涌动着，在擦肩而过的瞬间，我不经意看到好多妇女带着孩子爬山。有的大手牵着孩子小手，孩子不时好奇地问这问那，大人不厌其烦地回答。有的肩上扛着孩子，任其折腾，孩子居高临下，悠闲地吃着东西。有的怀里抱着睡熟了的孩子，虽然脸上布满了汗珠，但总是小心翼翼，生怕摇醒了孩子的好梦……让我想起了小时候与母亲牵手的那一幕幕。

我小的时候，几乎是在母亲牵伴中成长的。我来到这个美丽的世界，牵着母亲的手，牙牙学语，蹒跚走路，数天上星星……牵着母亲的手，听母亲说童话，诵童谣，讲做人的道理……牵着母亲的手，行走在上学路上，穿梭在乡间小道，漫步在田间地头……母亲那青筋暴露的手，干裂粗糙的手，虽然刺刺的却很温暖，是血肉相连的那种温暖，一直暖到我心灵最深处，我舍不得松开那世界上最能给我幸福的手。

行行走走，忽听得滔滔流水声由远而近。转眼间，一道瀑布从青褐色的山峰间倾泻而下。飞瀑时急时缓，错落有致，铮然出声，一泻直跳三十六级，在注入水潭的一刹那，一朵白浪腾空而起，形成了欢蹦跳跃的水雾，雾中水珠大的像珍珠，晶莹透亮，小的如烟尘，密密麻麻。忽而，一阵透心凉气扑面而来，驱走了我的热汗和疲劳，换来了一身凉爽和畅快，让我想起了家乡那条小河。

我的家乡有一条小河，那是祖祖辈辈的母亲河。它弯弯曲曲，流过田野，淌过村庄，穿过山谷，绕过树林，依山流向远方。我小时候，一到夏季闲暇时，母亲就去小河洗衣服，我跟着去玩乐。哇，小河真清，清得能看见河底碧绿的水草和游动的小蝌蚪。一阵微风拂来，河水泛起鱼鳞般的波纹，在阳光照射下，荡起刺眼的金光。我指着哗哗流水问母亲：这么多的水往哪里流啊？母亲说：向东，流入大海。长大了我在想，伟大的母亲河，有谁能说出它有多长；平凡的母爱，有谁能说出她有多深。

沿着一段云梯般的石阶攀缘而上，眼前烟雾缭绕，游人如织。在烈日和青烟笼罩下，每一张面孔都显出平静与慈善。放眼望去，浩瀚云海之下，空明灵台之上，慈祥的观音菩萨盘坐在硕大的莲花宝座上。她头戴金冠，身披袈裟，左手托净水瓶，右手握杨柳梢。她眼观六路，指弹净水，好似告诫凡夫：以菩提心，珍惜福缘，善待一切，广种福田，令人油然而生敬畏之心。

眼前一切和我梦境中那个景象一模一样，我恍惚看到母亲头裹蓝包巾，身穿蓝布衣，站在观音菩萨一侧。我觉得母亲正在看着我，就如大慈大悲观音菩萨看着众生一样。我似乎听到母亲在叮嘱我：孩子，你是从农家走出来的，这一辈子都不能忘本……凝视她那慈祥的面容、柔和的眼睛、灿烂的笑容，我的眼睛湿润了。这是幻觉吗？不，是真的……

遐想之余，我仿佛融入了天地万物，融入了山水自然，内心涌出无限的喜悦和感动。在心境缓缓回归宁静的那一刻，不由自主地融入虔诚膜拜的信士队列之中。

"那一刻，我升起风马，不为祈福，只为守候你的到来；那一天，闭目在经殿香雾中，蓦然听见，你诵经中的真言；那一月，我摇动所有的经筒，不为超度，只为触碰你的指尖；那一年，磕长头匍匐在山路，不为觐见，只为贴着你的温暖；那一世，转山转水转佛塔，不为修来生，只为途中与你相见。"我想不起这是谁写的，他的诗句真真切切道出了我的意念。

观音菩萨真的显灵了！她让我在她的宝山上遇见了我敬爱的母亲。

南海拜观音

祈福万事兴，南海拜观音。五一期间，踏上了海南这块神奇的土地，来到令人神往的三亚南山文化旅游区，怀着一颗虔诚之心，叩拜了至尊的南海观世音菩萨，接受了佛教文化洗礼。

南山雄踞南海之滨，是中国最南端的山脉，形似巨鳌，有若观世音菩萨慈航普度坐骑之相，山势逶迤叠翠，丘陵环抱，祥云缭绕，气象万千；面朝南海，碧波千叠，晴光万重，浪激石音，水映天色。

带着浓浓兴致，我走进南山文化旅游区。景区大门石牌坊正面雕刻"不二"，背面雕刻"一实"，庄严肃穆的佛教文化气息扑面而来。进入法门，观音佛手映入眼帘，据说与海上观音佛手大小一般、一模一样。缓缓前行，随处可听琅琅佛经吟诵，随处可见章章佛教经典，随处可触片片梵天净土，在心境缓缓回归宁静那一刻，不由自主地融入虔诚膜拜的信士队列之中。

怀着虔诚之心，走进"得大自在观音阁"。这里供奉着世界上最大的"金玉观世音"圣像。听导游说，圣像用黄金10万多克，翠玉10万多克，钻石400粒，红蓝宝石、祖母绿、珊瑚、松石、珍珠等奇珍异宝数千粒铸成，内装释迦牟尼舍利子，是镇岛之宝。听到这些，内心十分景仰，随即请了高香，恭敬插入香炉，随工作人员指引进入大殿。瞻仰头戴金冠、胸佩璎珞、脚踏白莲、手执法器的金玉观音，顿生万般崇敬，连忙叩拜祈祷。

沿观音阁径直前行，放眼望去，一尊高大的白衣观音凌波屹立在茫茫大海中，那面目清秀慈祥，那衣袂飘飘似举，犹如踏海欲度众生脱离苦厄而来，实乃"真、善、美"三者完美结合。据导游介绍：这尊南海观音1999年9月9日开始雕塑，历经6年，2005年4月24日举行了开光大典。圣像高108米，比美国纽约自由女神像高出15米。菩萨像为一体化三尊造型，正面是"持箧观音"，左面是"持莲观音"，右面是"持珠观

作者在海南

音"，分别寓意"智慧、和平、慈悲"，脚踏 108 瓣莲花宝座。怀着无比震撼的心情，花 30 元，请 3 炷高香、一对蜡烛、一朵莲花，按照工作人员指示，将高香插至圆通宝殿前香炉里，将蜡烛点亮献到烛台上，在莲花瓣写上自己、家人、朋友姓名和美好祝愿，敬献在圆通宝殿像台前。坐电梯上四楼到观音圣像脚下，放眼望去，蔚蓝的天与浩瀚的海相接，天海合一，天是那样的低，水是那样的蓝，顿觉无比酣畅，无比陶醉，下意识长跪抱佛脚，再次接受精神洗礼。

　　梵天净土，寿比南山，多么美好的期望，多么美好的祝福。如果每个人都保持正常心态，以微笑面对世界，我们的明天一定会更加美好。

　　（刊发于《环江》2014年夏刊，荣获"立白杯"中国散文征文大赛优秀奖）

云端圣地

去西藏有 10 多年了，一直想写点什么，但又怕写不出它的神韵，写不出它的圣洁。春节待在家里，翻开相册细细品味，太多的震撼，太多的感慨，让我有了些许灵感。

未去西藏之前，我曾仔细地阅读过它，那天、那云、那山、那水、那人、那神圣的殿堂、那高高的经幡、那依依的沙柳、那洁白的哈达，还有那 5000 米高原上盛开的雪莲花，它早已将我的灵魂带到了它的怀抱。我多么想亲眼看看那三生石上的轮回，听听那粗犷豪放的牧歌，尝尝那甘甜爽口的圣湖之水。

仲秋，我咏着"住进布达拉宫，我是最大的王，走在拉萨的街头，我是最美的情郎"的诗句，唱着"……我看见一座座山，一座座山川，一座座山川相连，呀拉索，那就是青藏高原……"的歌曲，与庆阳市旅游界同仁坐上了西去的火车，向着神秘如梦的天空之城——西藏进发。

列车翻越昆仑山口，在漂浮云端的轨道上行驶。窗口外，我看到了海拔 6000 多米的唐古拉山。那"高原上的山"，那"雄鹰飞不过去的高山"，戴着白雪帽儿，裹着银色外套，挺立在雪山、草原和重重峡谷之上，静静地守护着一方净土，威武而雄壮，英俊而潇洒。怪不得旅行家、探险家都往这儿跑呢！

20 多个小时的行驶，到达拉萨下车的一刹那，我仿佛听到了 1300 年前文成公主入藏的马蹄声，嗅到了酥油茶的清香，耳边响起了游牧情歌，视觉和心灵受到了强烈冲击。

头顶的天好像水洗过一般，如一块硕大的蓝色幕布。云好像水洗过一样，似漂浮在幕布上的梨花。远处的冰川、雪山圣洁得没有一丝污垢，像点缀在幕布上的一抹风景。

"去拉萨没去大昭寺就等于没去过拉萨。"这几乎是每一位旅行者的共识。

大昭寺位于拉萨市中心，是一座藏传佛教寺院，是全国重点文物保护单位，是世界文化遗产。

大昭寺为藏王松赞干布所建，是大唐时吐蕃王朝传至今世最辉煌的建筑群，已有1300多年历史，在藏传佛教中拥有至高无上的地位。

晨曦刚刚照临，我们就来到这里，映入眼帘的满是磕头叩拜的善男信女，他们双手合十，自头顶、额头、前胸依次而下，然后五体投地，且一遍又一遍重复着同样的动作，让我感到虔诚信仰的无穷力量。

寺内纯金佛像端端在上，神态各异，和蔼慈祥。佛前灯火通明，香烟缭绕。通道中藏族群众提着保温壶，一个跟着一个，一遍又一遍地往酥油灯盘里添加酥油。佛前堆满了钱币，有人民币，有外币，还有银元。外来游客也不吝钱财，纷纷布施，以求平安。

登上大昭寺金顶展望，长空万里，白云悠悠，艳阳下一对金色神羊耀眼夺目，排排法轮金光灿灿，似昭示、似神祇……脚下八廓街两旁店铺林立，摊贩聚集，熙来攘往，热闹非凡。

我怀着一颗虔诚的心来到布达拉宫。

布达拉宫坐落在拉萨市海拔3700米的红山之上，据说是松赞干布为迎娶文成公主所建。布达拉宫主楼13层115.703米。

布达拉宫建筑色彩以红、白、黄三色为主。坚实敦厚的花岗岩墙体，松茸平展的白玛草墙领，珍贵神秘的黑牦牛毛莲子宫闱，层层叠叠，错落有致，既有高贵的尊严，又有王者的霸气。

我拾级而上，细心观察，人与佛、僧与俗共聚一室，上帝大爱与人间真情融为一体，没有半分虚假。大红大绿的雕饰、五彩斑斓的唐卡、美轮美奂的佛像、悠扬深邃的诵经声、沁人心脾的酥油香，把西藏亘古与现代、天堂与人间紧紧地凝在一起，让我感到这里离天最近。我仿佛听到了佛祖的喃语。

不经意间，我的视线悄悄进入扎什伦布寺。

扎什伦布寺坐落在日喀则市城西，壮观的殿宇群落，神圣的班禅灵塔，气势恢宏，富丽堂皇，庄严而神秘。最引人注目的是世界最大铜佛坐像，由黄金5000两、纯铜100余吨铸造，饰有珍珠、琥珀、珊瑚、松耳石等珍贵宝石千余颗，其设计之高超、技艺之精湛，令我惊叹不已！

我站在高处展望，喜马拉雅山壮美巍峨，横在眼前，汹涌的流云飞流直下，横挂在珠穆朗玛峰腰间，像一巨人淌过天河，脚下还时不时盘几个云窝，雄浑而不骄恣。

随着"看湖泊去"的呐喊，我登上了4998米的羊卓雍措湖观景台。

羊卓雍措，简称羊湖，藏语意为"天鹅之湖"。它与"纳木错""玛旁雍措"并称西藏三大圣湖。羊湖水面海拔4441米，是喜马拉雅山北麓最大的内陆湖。

在男人呼喊、女人尖叫声中，我放眼望去，羊卓雍措娇媚、蜿蜒，像绸带般点缀在山川之中，洋溢着千湖不老的传说，美得让人屏住呼吸。"天上繁星，人间羊湖"的赞美一点都不为过。

纳木错更是惹眼，它像蓝天降到了地面，故称"天湖"。它置身于茫茫白雪之中，与念青唐古拉山为邻。在西藏古老传说中，念青唐古拉山是神山，纳木错是圣湖。在老百姓心目中，它们是一对生死相依的恋人。

看那水，蓝得纯粹，蓝得真实，蓝得让人心醉。此刻，我像游子回到了故乡，我像遇见了隔世的恋人，已迈不开脚步，匍匐在细软的金色沙滩上，任凭浪花拍打，幸福地沐浴在湖水的灵光里。

雪山一座连着一座，头顶的云在飞翔，脚下的河在奔流。沿途天人合一的村落、缥缈的经幡、神奇的玛尼堆，还有那路边磕长头的信徒，无一不让我心潮涌动。似乎这里的一草一木、一沙一石都隐隐透着佛光。

绕着湖岸公路往康桑雪峰进发，途中遇到零星的牦牛，有的在草丛中觅食，有的在路上漫步，那不紧不慢的神态，有着天地间唯我最大的自豪。

走近康桑峰，抬头仰望，不时有雪粒刮来，打在我脸上隐隐作痛。

阳光照在雪山上，银光四射，我几乎睁不开眼睛。一个个山尖，像是一座座金字塔，骄傲地指向天际。

餐桌上，工作人员带着真诚的祝福，为我们献上圣洁的哈达，斟上可口的青稞酒和醇香的酥油茶。我们一边吃喝，一边看歌舞。在悠扬的音乐声中幕布拉开了，演员们潇洒地走上舞台，载歌载舞，尽情发挥。艳丽的民族服装，让我心情愉悦；挥舞的长袖，带来了力量与奔放；嘹亮的歌声，传达着热情与豪放。

美丽的西藏，神秘的西藏。在这里，我登上云梯，触摸离天最近的云朵。在这里，我双手合十，点亮佛前一盏灯，熔化了内心浮躁的尘埃。

（荣获2020年"重庆杯"中国最美游记文学艺术大赛金奖）

张家界看山

一大早，我来到张家界国家森林公园，尽管这里淅淅沥沥下着小雨，但依然车水马龙、人如潮涌。我怀着激动、好奇、兴奋的心情游览了黄石寨风景区。

导游讲：早在汉朝，看破红尘的张良辞官隐居江湖，云游张家界时被官兵围困，后得师父黄石公搭救脱险。为纪念黄石公，人们将这里命名为黄石寨。沿游道拾级而上，映入眼帘的是奇峰林立，怪石嶙峋，林木葱郁，变幻莫测。浑然天成的"劈山救母""定海神针""猪八戒背媳妇""观音送子"等奇观异景让人目不暇接。难怪游客们说，张家界峰林是三分造型，七分想象。大自然造化启迪了人们的思维和遐想，从那些惟妙惟肖的山体景观，勾画出多少美丽动人的故事。此情此景，让你不得不拿起相机拍摄不停，恨不得把每一座峰林、每一条溪流、每一棵树都装入镜头。

领略了黄石寨的神奇和秀美，再游金鞭溪。这是一条美丽的天然溪流，全长7.5公里，因金鞭岩而得名。漫步溪边小径上，眼前满目苍翠，脚下小桥流水，耳边鸟鸣啾啾，路旁猴子嬉戏。微风习习吹过，阵阵芬芳扑鼻。吸一口清新洁净的空气，那种远离尘嚣的感慨油然而生。再看那挺立于溪边的金鞭岩，从山底到顶巅，犹如一支巨型金鞭，直刺云霄，另一座巨峰依偎着金鞭岩，酷似雄鹰凌空展翅，气势非凡，称作"神鹰护鞭"。在谷间蜿蜒盘曲的小道上，散落着三五成群的游人，他们和我一样，走走停停，拍拍照照，同样的感叹，同样的惊喜。沿溪前行，镌刻"长寿泉"字样的石室留住了我的脚步，但见泉水从龙口和石缝里吐出，涓流小溪。当地流传打油诗一首："长寿泉水喝一口，健康长寿九十九。"其间许多游人流连于此取水，我也禁不住诱惑，上前捧水解渴，顿觉清醇可口，沁人心脾。

作者在张家界

来到张家界不能不看天子山。天子山位于武陵源索溪峪西北部，因当地土家族首领向大坤被拥为"向天天子"而得名。进入景区，跟着熙熙攘攘的人群排队，快一个小时才坐上缆车。凌空俯瞰，那松、那石、那山峰、那峡谷，林林总总，形形色色，在索道下显示别样风采，使我真正感受到了"不游天子山，枉到武陵源"和"看山要看天子山，看了天子山不看天下山"的意境。下了缆车，怀着崇敬的心情进入贺龙公园。开国元勋贺龙铜像竖立在广场中心，他浓眉大眼，八字胡须，手握烟斗，静静地注视着家乡的石壁峭峰，注视着张家界的变化发展，不禁让我肃然起敬。站在观景台远眺，那山、那峰好似一把利斧随意砍伐而成，像竹笋、像毛笔、像宝剑、像绣针，如柱、如鞭、如塔、似禽、似鱼、似兽，高低不齐，清瘦孤绝，凭空而立，直指云霄。还有那"仙女散花""御笔峰""点将台"等峰林犹如神工鬼斧凿成，景象万千。

游完天子山，坐电瓶车返回途中游览了十里画廊。透过玻璃窗，目睹了"众仙拜观音""采药老人""三姐妹""夫妻携子"等奇峰异石。真乃"人在画中行，情在梦中游"。

张家界，美不胜收，妙不可言，它将永远镶嵌在我的记忆里。

（刊发于《西部散文选刊》2019年第7期）

走近高家堡，追寻路遥足迹

　　每次出行，都像要去一个地方约会。每次旅游，都像要找一个美丽的故事。

　　7月中旬，中国西部散文学会刘主席发来邀请函，特邀我参加7月20日至22日在陕北神木举行的第十二届中国西部散文节，其间安排参会人员去高家堡等旅游景点采风。高家堡虽未去过，但作为电视剧《平凡的世界》拍摄点之一，早已引起了我的关注。

　　我钟情于著名作家路遥的作品，参加工作不久在1982年一本《收获》杂志上读到了他的成名作《人生》，20世纪90年代又读了他的长篇小说《平凡的世界》。他的文笔像陕北黄土高原一样厚重、一样朴实无华，给作者留下深沉的思索。他的作品清新流畅，真实动人，读后让人荡气回肠。《平凡的世界》电视剧我细细看了两遍，全剧以陕北双水村孙、田、金三家命运为中心，反映了20世纪70年代到改革开放初期广阔的社会面貌，故事情节感人肺腑。《平凡的世界》折射了一代人的影子，洋溢着山区农民坚持不懈的努力和对美好生活的向往，让不同年代的观众为之感动，敬畏于那个干净与平凡的世界。

　　冲着要去高家堡的浓浓兴致，19日登上了甘肃庆阳发往陕北神木的班车。车子穿行于伸向远方的高速公路，途经陇东华池，陕北延安、榆林到神木。透过车窗，凝视远方，公路两边山峦覆盖着赏心悦目的绿色。那绿色浓浓的，一片片树叶像被绿油彩涂过，连雨点落上去也被染绿了。车子掠过一道道山梁，一道道残原。放眼望去，条条梯田，一溜溜，一片片，千层万叠，如诗如画。成片的洋芋、玉米、黄豆、荞麦、谷子、糜子长势喜人。一组组新农村整齐排列，一处处庄院漂亮宽敞，红色的瓦、白色的墙，在阳光照耀下美丽和谐……与路遥《平凡的世界》描写的陕北农村形成了鲜明的对比。

20日早餐后登上节会安排的大巴车，去往神木大剧院，参加了隆重的第十二届中国西部散文节暨"神木杯"全国散文大赛启动仪式；10时来到了魂牵梦绕的高家堡，探访精绝的古城，追寻路遥《平凡的世界》的足迹，抒发流淌在黄土高原上淳朴、善良、厚实的情怀。

讲解员名叫杨瑞，研究生学历，石峁遗址管理处的工作人员。她有着明亮的丹凤眼、弯弯的柳叶眉，长长的睫毛微微颤动着，白皙的瓜子脸透出淡淡的红粉，薄薄的双唇如玫瑰花瓣娇嫩欲滴，黑发配以黑

作者在高家堡

色休闲服显得清雅时尚，言谈举止流露出不凡的气质，有着貂蝉故里陕北米脂县姑娘的特点。一路上，她滔滔不绝地讲解着，将采风作家带入神秘的高家堡。

高家堡古城位于神木县城西南50公里的秃尾河东岸，西北距明长城约5公里，始建于明正统四年，原为夯筑土城，明万历三十六年用砖包砌，清代两度修葺。古城呈长方形，东西长400余米，南北宽300余米，距今600多年，是陕北四大名堡之一，是第六批中国历史文化名镇。

跟着小杨的脚步，登南门楼，整座城池尽收眼底，被岁月雕琢过又褪去了华丽外衣的古镇越发诱人。放眼全城，古镇依山傍水，石板墁街，字号林立，垂柳掩映。古老的街道，沧桑的城楼，鳞次栉比的四合院，处处体现了古代劳动人民的聪明智慧和高超的建筑技艺。杨瑞女士说，从前这里商铺林立，每月逢三、七集日，人们从四面八方而来，宽阔的街道，人山人海，车水马龙，热闹非凡。听着她绘声绘色的讲解，仿佛听到了当年那此起彼伏、一浪高过一浪的叫卖声，仿佛看到了那琳琅满目的商品和川流不息的人群。

　　走进西门，门洞两边砖墙长方形黑板上涂写的"人民，只有人民，才是创造历史的动力""读一辈子毛主席的书，走一辈子革命的路"的标语深深地吸引了我。小杨告诉我，这条街是电视剧《平凡的世界》主要外景拍摄地，原西县发生的剧情大部分集中在这里。沿着石板路缓缓前行，映入眼帘的是一幢幢小时候就熟悉的建筑物。"农业学大寨、工业学大庆"门楼、陕西省原西县革命委员会、大礼堂、人民银行、副食供销社、邮电局、新华书店、国营饭店、东风照相馆、火车站历历在目，"领导我们事业的核心力量是中国共产党，指导我们思想的理论基础是马克思列宁主义"等毛主席语录和"伟大的领袖毛主席万岁！""伟大的中国共产党万岁！""为人民服务"的标语随处可见，极富20世纪70年代的生活气息。逼真的场景配以沧桑的古镇，仿佛置身于历史，有着穿越时空的感觉，仿佛看到了孙少安、孙少平、田福堂、田福军、李向前、田润叶的影子。

　　此刻我想到了路遥的人生。路遥出生于陕北清涧，7岁时因家庭贫困被过继给家住延川的伯父，在那里读完了小学、初中，又在那里务农、当农村小学民办教师、当临时工……正是陕北这块沃土，成了他文学创作的不竭源泉，《人生》《平凡的世界》震撼着每一位读者的心灵。路遥英年早逝，他留给人类宝贵的精神财富将世代相传。路遥是陕北人民的骄傲，他像红艳艳的山丹花一样，已成为黄土文化的符号和象征，向世界昭示陕北人民特有的气质、激情、浪漫和梦想。

　　黄土高原，陕北之北，一座安静了近千年的古镇，只因电视剧《平凡的世界》在这里拍摄再次进入公众视野，成为观众热捧的景点。也许是《平凡的世界》电视剧捧红了高家堡，然而真正的高家堡远比一部电视剧更有故事，更有光彩，更有气质。

　　（刊发于《西部散文选刊》2019年第一期专刊，荣获"神木杯"全国散文大赛三等奖）

泰山，我来了

　　当清晨第一缕阳光透过云海照耀在山顶时，一幅硕大的山水画卷展现在我的眼前。这就是我心目中神圣的泰山。

　　放眼望去，巍巍泰山，高耸入云。它那挺拔伟岸的雄姿，处处彰显出中华儿女的英雄本色。它那雄浑粗犷的气势，处处流露着山东汉子的阳刚之气。我仿佛要被这神秘、神奇、神圣的气质所融化。

　　登泰山就像研读一本书，就像浏览一幅画，就像穿越千年的时空。只有用眼睛领略每一个景物才能感受到泰山的壮美，只有用脚丫丈量每一个台阶才能体味到泰山的雄伟。我说服了同行者，放弃了坐缆车的舒适，背起装有矿泉水、面包、雨伞、外衣的旅行包，挂着拐杖，随着一群风尘仆仆的游客，从孔子登临处开始登山。

　　我怀着朝圣般的心情，沐浴着仲秋的晨风，聆听着大自然的歌声，穿越红门到万仙楼。迈着"咬定青山不放松"的毅力攀登，经斗母宫、摩天岭、壶天阁，过步云桥，拾级而上到中天门。远看，怪石嶙峋，幽谷含秀；林海松涛，青翠欲滴。近听，流水淙淙，宛若琴声；鸟鸣蝉叫，如笑似歌。让我感受到了"一路蜿蜒一路溪，一路山风一路歌"的欢快。

　　到十八盘脚下，我几乎走不动了。站在一角仰望，十八盘好似天门云梯，陡峭的盘道镶嵌其中，盘道两侧石壁如刀削一般。"拔地五千丈，冲霄十八盘。径从穷处见，天向隙中观。重累行如画，孤悬峻若竿。生平饶胜具，此日骨犹寒"的描写恰如其分。

　　熙熙攘攘的人流从眼前掠过，有老年人，有中青年，还有小孩子，所有身影都在奋力攀登。更有那肩负百斤的"挑山工"，哼着小调，高视阔步，让我不禁赞叹。我默默为自己鼓劲，你行我也行，遂打起精神，加入这支登山队伍。

　　途中，我看到周围岩壁上雕刻着许多题记和诗词，上起嬴秦，下迄当

作者在泰山

代。有皇帝的，也有名人的。其文辞优美，书体高雅，雕琢精美，成为游人登山途中感受泰山文化的一道绚丽风景线。忽而，伟人毛泽东"数风流人物，还看今朝"的词句石刻进入我的视线，我心潮澎湃，随即立于石前留影纪念。

皇天不负有心人。经过两个多小时的攀登，我终于走完了"紧十八、慢十八、不紧不慢又十八"的1630余台阶。站在南天门前，一阵清风吹过，好似特意为我擦汗，好不爽快，好不惬意。我情不自禁地喃喃吟唱李白诗句："天门一长啸，万里清风来。"

出南天门到天街，仿古老店一家挨着一家。店前幡旗飘扬，张灯结彩。漫步天街，如临仙境，搞不清这里是人间天上，还是天上人间。

过天街举目眺望，碧霞祠四周白云缭绕，金碧辉煌，宛如天上宫阙。登瞻鲁台，鸟瞰山外，鲁国风光一览无余，让我真正体味到了杜甫"岱宗夫如何？齐鲁青未了。造化钟神秀，阴阳割昏晓。荡胸生层云，决眦入归鸟。会当凌绝顶，一览众山小"千古绝唱的意境。

登玉皇顶，仰望天穹，浩瀚无垠，云雾遍布，变化多端。时而白云滚滚，如浪似雪；时而乌云翻腾，如烟似雾。凭栏远望，群山叠翠，秘谷探幽，林海苍莽，绿荫荡漾，"日观峰""月观峰"立于玉皇顶两侧，犹如蝴蝶展翅，好不壮观。

此刻，我想要凝固这一瞬间。我站立在刻有"五岳之尊"巨石旁，随着相机快门的"嚓、嚓"声，我定格在这一美丽的时刻。

巍巍泰山，你承接了天地之灵气，你汲取了寰宇之精华。你是中华民族的象征，你是东方文化的缩影，你是"天人合一"思想的寄托，你是炎黄子孙精神的家园。

（荣获第三届"讲好山东故事"征文大赛佳作奖）

青岛看海，我在海中

　　还未到青岛，我仿佛听到了海浪的声音，闻到了海水的味道，整个身心沐浴在海风中。

　　青岛，一个美丽的名字，一个美丽的海滨城市。刚踏上这块神奇的土地，我就被深深地吸引住了。

　　青岛三面临海，一面依山，碧海、蓝天、红瓦、绿树辉映出它与众不同的美丽身姿，赤礁、彩帆、海岸、沙滩勾画出不同凡响的海滨风景线，真不愧是"东方夏威夷"。

　　随着"看海去"的吆喝，我忘掉了旅途的疲劳，兴致勃勃地向金沙滩方向跑去。

　　阳光暖暖的，空气湿湿的，海风柔柔的，天空好似海水洗过一样，蔚蓝蔚蓝的。几片白云悠闲地飘着，时而调皮地遮住太阳的脸，时而又与太阳挥手告别。

　　我站在海岸边，看茫茫大海。远处，天连着海，海连着天，海天一色，一望无际，分不清是水还是天，正如唐代诗人王勃描写的"落霞与孤鹜齐飞，秋水共长天一色"的景象。近处，一波又一波的海浪拍打着海岸，溅起无数朵浪花，一遍又一遍抚摸着柔和的沙滩，又依依不舍地退了回去，金色的沙滩上，留下一条条弯弯曲曲的水纹。浪涛拍打着岸边礁石，发出"哗哗"的响声，绽放出无数纷飞的礼花。点点帆船在大海行驶，忽高忽低，乘风破浪，勇往直前。海鸥无拘无束，时而冲向蓝天，时而落入水面。那涛声，那浪花，那帆船，那海鸥，好似大自然用豪壮的语言，向游人讲述一个关于海的故事。

　　阳光洒在海面上，像是泼了一层金子，波光粼粼。一阵清风吹来，一排排浪花涌动着，像翻滚的雪浪扑打在金山上。海水好蓝，蓝得像一块硕大无瑕的蓝宝石。海水好清，清得仿佛可以看到海底的童话世界。海面好

作者在青岛

宽，站在这边望不见那边。

沙滩上，晶莹的贝壳、奇异的海螺、细滑的沙粒在阳光照射下闪着点点光斑，鲜艳夺目，令人陶醉。沙滩上游人越来越多，有情侣走来，有老人走来，有大人带着小孩走来，欢声笑语不绝于耳，美丽倩影成为永恒，令人神往，令人陶醉。

我情不自禁地漫步在松软的沙滩上，走进大海，触摸大海，与大海亲吻，与大海畅谈。海风凉凉的，缓缓地沁入我的肺腑，滋润着我的视野，荡漾着我的心灵。其间，与陌生的你我他相遇，与他们谈论这里的风景，无不是一种享受。

海水跳跃着，一波又一波向我涌来，顽皮地捉弄着我的脚丫，顿时有一种舒心、一种坦然、一种宁静的感觉。细品慢读中已走了一段路程，海滩上留下一串串脚印，一个浪花打过来，那脚印居然消失得无影无踪。

那一刻，我的心情无比愉悦。我似乎忘掉了喧嚣，忘掉了纷扰，忘掉了疲惫，忘掉了烦恼。

那一刻，我被神秘莫测的大海震撼了，我被海纳百川的意境征服了。我真想变成一只海鸥，在海空中自由翱翔。我真想变成一条游鱼，尽情在海水中嬉戏……

（刊发于《西部散文选刊》2019年第9期，荣获首届"曲江海洋公园杯"全球华语散文征文佳作奖）

曲阜朝圣

一踏上曲阜这块神奇的土地，我仿佛嗅到了数千年儒家文化的气息，摸到了"至圣先师"的体温，听到了"万世师表"的谆谆教诲。

我怀着虔诚之心，缓缓走进孔庙。沿着指示牌前行，用心参观雕梁画栋的三殿、一阁、一坛、三祠、两庑、两堂、两斋、十七亭和五十四门坊，品味着玲珑剔透的石刻艺术瑰宝，似有穿越时空隧道的感觉。

我步入大成殿，潜心膜拜孔圣人，恭敬"十二哲"，于心灵深处接受"礼、义、廉、耻、仁、爱、忠、孝"儒家文化熏陶。

我来到"杏坛"，听孔子"收弟子三千，授六艺之学"的美谈和传奇故事，吟乾隆皇帝"重来又值灿开时，几树东风簇绛枝，岂是人间凡卉比，文明终古共春熙"的诗句，重温"学而时习之，不亦说乎""温故而知新，可以为师矣""学而不厌，诲人不倦""三人行，必有我师"的名言绝句，用心领悟"修身、齐家、治国、平天下"的人生哲理。

走着看着，我想到了孔子周游列国的情景。春秋战国时期，衣衫褴褛的孔子坐着破马车，带着弟子，冒着风雨，出鲁国，进齐国，赴燕国，奔楚国……他虽遭受过拒绝，遇到过白眼，碰到过无奈，但他没有迟缓，没有后悔，没有气馁，没有退却，跌倒了再爬起来，不厌其烦地宣讲儒家学说，最终触动了人们的心灵，引发了强烈的思想共鸣。孔子去世第二年，鲁哀公念起他的学术贡献，将其住宅改为"庙"。后历代皇帝推崇他创立的儒家思想，供奉他的殿堂越修越大，清雍正年间大修后达到了顶峰，成为仅次于北京故宫的中国三大古建筑之一。

我抱着崇敬之情，踏入"天下第一家"的衍圣公府。品读"与国咸休安富尊荣公府第；同天并老文章道德圣人家"的楹联，领略"东、西、中"三路布局、九进院落和"三堂六厅"建筑风采，饱览"商周十器""鎏金千佛曲阜塔""七梁冠"等文物珍品和数以千计的衣、冠、袍、履及名人字画，追寻浓厚的儒家风韵，在漫步中享用厚重的齐鲁文化大餐。

孔子逝世后，他创立的儒家学说得到了统治阶级的普遍重视。汉董仲舒提出"罢黜百家，独尊儒术"后，来源于田间地头、河边渔家、经孔子提炼的儒家文化已成为统治者巩固执政地位的思想基础。为颂扬孔子的丰功伟绩，历代皇帝不惜重金扩建孔府，孔子后人的世袭爵位高至"衍圣公"，祭奠孔子的人也越来越多。

我带着仰慕之意，步入世界上年代最长、规模最大的氏族墓地——孔林。仰望历朝由"弟子各以四方奇木来植，故诸多异植"的柏、桧、柞、榆、槐、楷等参天古木，欣赏宋真宗、清康熙驻跸亭及碑林、牌坊、亭台、默读乾隆皇帝"宫墙亲释奠，林墓此重来。地辟天开处，泗南洙北限。春鸣仙乐鸟，冬绿石碑苔。教泽垂千古，泰山终未颓"的诗句，肃穆祭拜"大成至圣文宣王"孔子及儿子"泗水侯"孔鲤、孙子"沂国述圣公"孔子思，再次接受儒家文化洗礼。

孔子是中国古代伟大的思想家、政治家、教育家，儒家学派创始人。他的学说不仅影响了中国几千年的发展进程，还深刻地影响着每一个中国人的思想和行为模式，成为东方人品格和心理的理论基础。以孔子为代表创立的儒家文化博大精深，构成了中华民族传统文化的主流和基础，时至今日仍在社会生活中发挥着巨大的积极作用。

孔子不仅属于历史，也属于当代，不仅属于中国，也属于世界。在亚洲人眼里，孔子已成为无可替代的尊师。在西方人心里，孔子与古希腊哲人苏格拉底、柏拉图一样神圣。

曲阜三孔，儒家文化不朽的根！

南京路上的花环

上小学时听老师讲"南京路上好八连"的故事，上高中又看了电影《霓虹灯下的哨兵》。时过 40 多年，对"好八连"的感人事迹至今记忆犹新。

上海举办世博园那年，我冲着"南京路上好八连"那一面鲜红的旗帜去了上海，去了南京路。

曾经的十里洋街今日依然繁华，曾经的百年老店旧貌换新颜，用"天上的街市，人间的天堂"形容并不为过。

走进步行街，十字道上有路标指向不同方向，皆用全国各省市城市命名，中山东一路、北京东路、福州路、四川中路……

矗立在街道两旁的欧式建筑、俄式建筑和中西合璧的建筑构成了海纳百川的建造风格，百年老字号门店与现代时尚的商铺比比皆是，门牌商号奇特别致，五光十色，各种商品应有尽有，琳琅满目。这些建筑、这些店铺、这些商品像磁石一样，深深吸引着国内外慕名而来的消费者，这里繁华喧嚣的商业氛围十分浓厚。

此刻，我想到了年少时留存在脑海里打着时代烙印的上海产品，蝴蝶牌缝纫机、永久牌自行车、上海牌手表、大白兔奶糖、友谊雪花膏……甚至能代表干部身份的老上海黄色手提包。在那个时代，只有大上海才能制造出这样的紧俏货。

几十年过去了，现在的南京路已成为上海对外开放的一扇窗口，已成为世界一流的商业街，已成为日夜流淌着金子的富裕路。

街道上看到最多的是人。他们或悠闲信步，或疾走如风，或笑微微在耀眼的招牌下留下倩影，或兴冲冲去店铺购买心爱的商品。川流不息的人流中，不同人种、不同国籍、不同肤色、不同发型、不同衣着的人或短暂相遇，或擦肩而过，尽管都不认识，但内心感到遇见就是缘分，总是相视而笑，无声胜有声。区区南京路，留下了无数个不同的脚印，踩出了无数个快乐的缘分。

街道中间摆放着许多条椅，条椅上坐着各色各样走累了休息的人。有白发苍苍的老年人，有血气方刚的中青年，有母亲抱着乳臭未干的婴儿……

坐在休息椅上看行人，摩登女郎自然闯入视野。她们穿着时髦，妖娆芬芳，千姿百态，无拘无束，露肩T恤衫、超短一步裙、三分牛仔裤、六寸高跟鞋……与林立入目的广告相得益彰，让你一饱眼福。忽见得一位时尚女郎张扬地变换着各种姿势，不厌其烦地撒娇，让随行男友为其拍照，惹得路人纷纷侧目而视。

穿着华丽的老人们聚在一起吹拉弹唱，人人喜笑颜开，个个开心惬意。看到这些，我的内心十分羡慕，心想自己老了，也想像他们那样无忧无虑、潇洒自如地生活。

起身往前走，一座醒目的大理石群雕——"南京路上好八连"映入眼帘，老师讲的故事又一次在耳边响起。

山东省莱阳县城西小园村组建的辎重连改编为内卫一团二营八连，随大部队进驻上海，先后承担华东局、上海市委、市人委等机关警卫及南京路、外滩等巡逻执勤任务。时值深夜，好八连战士为不影响市民休息，全连官兵露宿街头。

面对当时复杂的社会环境和资产阶级糖衣炮弹的进攻，官兵们始终牢记"两个务必"的教导，做到身居闹市，一尘不染，被誉为"霓虹灯下的哨兵"。

1964年，以"南京路上好八连"为素材的电影《霓虹灯下的哨兵》上映，毛泽东主席看后非常激动，即兴吟诗《八连颂》：

好八连，天下传。为什么？意志坚。为人民，几十年。拒腐蚀，永不沾。因此叫，好八连。解放军，要学习。全军民，要自立。不怕压，不怕迫。不怕刀，不怕戟。不怕鬼，不怕魅。不怕帝，不怕贼。奇儿女，如松柏。上参天，傲霜雪。纪律好，如坚壁。军事好，如霹雳。政治好，称第一。思想好，能分析。分析好，大有益。益在哪？团结力。军民团结如一人，试看天下谁能敌！

岁月流淌，抹不去精神传承。时代光芒，为英雄再添色彩。

现在，《南京路上好八连》这座雕塑已成了南京路上一道亮丽的风景线。

游西子湖，在古诗词里行走

"山外青山楼外楼，西湖歌舞几时休。暖风熏得游人醉，直把杭州作汴州。"三年前的夏日，吟唱着宋代林洪的诗句来到西子湖。

湖畔赏荷花

站立西子湖畔观景，一排排垂柳温柔地抚摸着湖面，一汪汪池塘里溢满着绿叶红花。层层叠叠的叶，绿得耀眼，点点斑斑的花，红得洒脱，简直是一片荷的海洋！

细细端详，片片荷叶像无数把撑开的绿伞，在微风下摆动着婀娜身姿，晶莹剔透的露珠儿像一颗颗美丽的珍珠，在叶面上滴溜溜滚动着，有的顺着叶子滑落到荷塘里，有的随着阳光照耀悄悄地溜走了。让我感悟到了宋代欧阳修"池面风来波潋潋，波间露下叶田田。谁於水上张青盖，罩却红妆唱采莲"的意境。

朵朵荷花竞相开放，一簇簇、一团团，红的似火、粉的像霞、白的如雪，个个像刚出浴的少女，在层层荷叶衬托下，清秀雅洁，妩媚可爱，出淤泥而不染，濯清涟而不妖，美得静谧美好，美得摄人心魄。让我领略到了宋代杨万里"毕竟西湖六月中，风光不与四时同；接天莲叶无穷碧，映日荷花别样红"的大美。

花丛中，彩蝶飞跃着，翩翩起舞。花蕊里，蜜蜂穿梭着，低吟高唱。荷叶间，蜻蜓嬉戏着，轻盈点水，时而站立在荷尖上。荷叶下，鸭子悠闲地玩乐，鱼儿自由地畅游。让我体味到了唐代杜甫"穿花蛱蝶深深见，点水蜻蜓款款飞；传语风光共流转，暂时相赏莫相违"的情趣。

湖中，一群鱼儿游了过来，是那么的惬意。一对鸳鸯游了过来，是那么的恩爱。几只鸭子游了过来，是那么的乐观。湖面上空盘旋着鸟儿，忽上忽下，忽远忽近，时而轻轻点一下湖水，时而又"嗖"地飞向高空。湖畔林中的鸟儿也不甘示弱，随意放开歌喉，或独唱，或对唱，或合唱，歌声是那么的甜、那么的脆。

此刻我情不自禁，仿佛要化作一抹绿，融入这令人心旷神怡的美景中。

堤上品诗词

我怀着一颗坦荡的心，漫步在桃红柳绿、芳草如茵的白堤和苏坝上，欣赏着古诗词里永恒的意境。

"白堤"西接孤山，东连断桥，横亘西湖。它是唐代诗人白居易担任杭州刺史时主持修筑的。"孤山寺北贾亭西，水面初平云脚低。几处早莺争暖树，谁家新燕啄春泥。乱花渐欲迷人眼，浅草才能没马蹄。最爱湖东行不足，绿杨阴里白沙堤。""白堤"不仅仅因白居易的千古绝唱而美不胜收，还在于许仙与白娘子断桥相会的爱情故事，牵动了多少有情人的心声。

"苏堤"南起南屏山麓，北至栖霞岭下，堤上有映波、锁澜、望山、压堤、东瀑、跨虹六桥。它是苏东坡担任杭州知州时组织民工疏浚西湖淤泥堆筑而成的堤坝。"水光潋滟晴方好，山色空蒙雨亦奇。欲把西湖比西子，淡妆浓抹总相宜。"苏东坡不仅为后人留下了"苏堤春晓"这一不朽文化遗产，更有他的诗句成为美丽西湖的千古知音。

夕阳西下，正陶醉于元代诗人尹廷高笔下"烟光山色淡溟濛，千尺浮图兀倚空。湖上画船归欲尽，孤峰犹带夕阳红"的"雷峰夕照"时，忽朋友唤我入席，遂留恋不舍地离开。

晚，在西子湖边酒楼品正宗的西湖龙井，尝地道的特色菜西子湖醋鱼、叫花童子鸡，醉酒中看西湖夜景别有一番情调。正如南宋诗人曾由基描写的："间窗放入四山青，古篆无烟气自清。风不鸣条花著露，一湖春月万蛙声。"

大美杭州，大美西子湖，你永远徜徉于古诗词里，你永远镶嵌在我的心目中。

（刊发于《西部散文选刊》2019年第7期）

沙坡头上过生日

一直向往着吃一个煮鸡蛋的生日。以后我长大了，长老了，鸡蛋也不稀罕了，生日也经常忘了，算了算已有30多年了。

那天兰州返回环县途中，同事小张喃喃地说："老杜，今天是你50岁生日对吗？"

"哦！我都忘了，你咋知道的？"我惊讶地反问。

"前几天填表在你身份证上看到的。"小张说。

"50岁知天命，值得庆贺！你是旅游局局长，今天破例到旅游景点过一次有纪念意义的生日。"同事小邓接着说。

……

我被同事说服后，车子改变了方向，往沙坡头行驶。

距景区几百米处的农家乐一个连着一个，耀眼的招牌吸引着往来游客的眼球。午饭时间，我们不经意走进了一处门楼上点缀几盏红灯笼的"田家大院"。

院子布局合理，环境幽雅。一边是篱笆墙围成的菜园子，水灵灵的黄瓜、辣椒、西红柿、茄子密密麻麻，挂满枝头。绿茵茵的菠菜、油菜、韭菜、小白菜层层叠叠，连成一片。几处葫芦藤蔓调皮地爬上篱笆，攀上围墙和屋檐，大小不一的葫芦在藤叶间探头探脑，好似与飞来的蝴蝶、蜜蜂说着悄悄话。一边葡萄藤蔓任着性子爬上拱形廊架，晶莹透明的葡萄悬挂半空，在穿透缝隙的阳光照射下闪闪发亮。

廊架下有序地摆放着5张圆桌和几十个圆凳，是专门接待游客就餐的。我们选择其中一张坐了下来。

小张是个灵巧人，在他的张罗下，餐桌上除几碟农家小炒外，开了两瓶银川白，特意上了一盘煮鸡蛋。

"祝你生日快乐！祝你生日快乐……"在欢快的气氛中，我们吃着煮鸡蛋，回味往年事，聊着新生活。炒菜上齐后，我们举杯把盏，开怀畅饮。不一会儿，大家都成了关公。

我离开餐桌方便时，无意间看见隔桌一位小朋友望着我们剩下的煮鸡蛋发呆，我毫不吝啬地递给他两个。小朋友在大人示意下高兴地向我道了谢，接着津津有味地吃了起来。看着他吃香了的表情，让我不禁想起40年前过生日的那一幕。

那时农村生活困难，老百姓卖给供销社的鸡蛋收入几乎够买一年用的煤油、食盐和布料，孩子只有过生日才能吃到一个煮鸡蛋。为了这个鸡蛋，我总是掐着、算着生日到来的那一天，就像盼着过年一样。

记得一天，母亲喊我过去，递给我一个煮鸡蛋，说："兴儿，今天是你的生日，给你煮了个鸡蛋，你悄悄吃去，不要让你妹妹看见了。"我接过煮鸡蛋，躲在门角落细细端详，那暗红色的蛋壳，雪白色的蛋清，金橘色的黄子，好美啊！那扑鼻的特殊气味，好香啊！我还在赏心悦目，忽听得妹妹喊叫，便狼吞虎咽地吃了个精光，也没吃出个滋味。妹妹问我吃啥，我说啥也没吃，然后扭头就走。

……

"时间不早了，我们看沙子去！"随着小张吆喝，我们向沙坡头跑去。

我站在沙坡头上，就像站在一曲大漠、黄河、高山、绿洲的交响乐中。

我放眼望去，广袤的大漠连绵起伏，浩瀚的绿洲纵横千里。我仿佛看到了黄沙、黄河、黄土高原与黄皮肤的中国人在这里交融汇聚，蓝天、白云、名胜、村庄在这里浑然一体。好一幅壮阔美丽的山水图。

茫茫黄沙细如粉末，在阳光照耀下勾画出无数个闪光的鱼鳞纹。沙丘上到处都是人，有带着尖叫滑下沙坡的人，有骑着骆驼走入镜头的人，有乘着越野车在沙海里冲浪的人，有坐着羊皮筏子揣着惊险找快乐的人……

我们随着南来北往的游人爬沙山。如浪如潮的淡黄色细沙绵延深远，一脚踩下去，随着窸窸窣窣的声音，脚面陷落。我爬了没多远就开始喘粗气了，于是就地休息。我将细腻的沙子捧在手中，再让它从指缝里溜走，感觉很惬意。休息好了，我深一脚、浅一脚继续向上爬行。同事们比我年轻，他们超前到达顶端，看着我吃力地爬着，吆喝着为我加油。我暗自鼓劲，你行我也行，最终拼着气力爬了上去。我转身看自己爬过的路，这哪是路啊！分明是一条蛇行的曲线，一头连着山脚，一头连着我的脚后跟。

滔滔黄河水，九曲十八弯。黄河来到这里拐了个大弯，再请风婆将沙粒吹起堆成巨大的沙丘，形成了一处天然滑沙场。我看着大家兴致勃勃地滑沙，便不甘示弱地坐上滑沙板。滑沙板顺着陡坡飞速向下，速度越来越快，一时间，眼前沙浪滚滚，耳畔万马奔腾，"飞流直下三千尺"的刺激让我年轻了 20 年。

在沙漠里冲浪最是惊险。随着教练"向沙漠进发"的口令，我们 10 多人坐的敞篷战车鸣号启动。战车如箭一般飞快，翻越了一个又一个沙丘，向大漠深处进发。途中，战车冲上一面沙坡，接着向十几米宽的沙漠断崖冲去。车上的人还没反应过来，车子已悬空而过，吓得大家"哇哇"喊叫。接着又冲过第二个、第三个、第四个断崖，着实让人们狠狠地刺激了一把，恐惧的"哇哇"声变成了征服者胜利的号子，紧绷的心情一下子放松了许多，个个脸上露出自信的笑容。

我与同事骑上骆驼，随着驼队向沙漠进发。在驼铃声中，一路看风景。阳光下一道道刀削般的沙峰，宛如大海里的金色波浪，汹涌磅礴。骆驼走过的地方，沙随风移，几乎看不到脚印，好像没有人来过，其实昨夜的风已把所有脚印全吹平了。

不觉夕阳西下，在驼铃声中，我目睹了大漠落日的壮美。难怪王维脍炙人口的诗句"大漠孤烟直，长河落日圆"成为千古绝唱。

50 岁生日过得真爽！

莲岛荷花别样红

　　"你可知'MACALL'不是我真姓？我离开你太久了，母亲！但是他们掳去的是我的肉体，你依然保管我内心的灵魂。三百年来梦寐不忘的生母啊！请叫儿的乳名，叫我一声'澳门！'母亲！我要回来，母亲！"

　　20多年前，300名澳门小朋友在大三巴前，用一首《七子之歌》唱出了澳门同胞盼回归的心声。

　　20年后的今天，在电视机里，那熟悉的《七子之歌》旋律再次响起，诉说了澳门回归后与祖国同呼吸、共命运的往事，表达了对澳门回归祖国20周年的美好祝福，搭建了澳门与内地心心相通的情感桥梁。也将我的思绪带到了20年前。

　　1999年12月20日零时零分，我坐在电视机旁，看到澳门会展大厅，鲜艳的五星红旗和五星辉映荷花的绿旗，在中华人民共和国国歌声中冉冉升起。澳门这个流浪了三百多年的儿子终于回到了祖国怀抱。

　　此刻，我满怀喜悦，便有了去澳门目睹"莲岛"芳容，亲近美丽荷花的意向。

　　因公务繁忙，时隔10年后的2010年夏，我报团兴致勃勃地登上了南去的航班。飞机在降落的那一刻，我不经意看到澳门岛好似伸向大海的一束美丽荷花，荡漾在南海万顷碧波上。那一幕，让我心潮澎湃，好不惬意。

　　下了飞机，刚踏上这块神奇的土地，我仿佛闻到了荷花丝丝缕缕的幽香，感受到了莲子"出淤泥而不染，濯清涟而不妖"的意境。

　　随着"看荷花去"的吆喝，我们一行向卢园跑去。

　　伫立在莲花大桥上展望，一眼望不到边的荷花在阳光下奔跑，层层叠叠的叶，绿得耀眼；点点斑斑的花，红得洒脱，整个澳门沉浸在一片荷花的芬芳中，让季节都着了迷。

　　我缓缓步入卢园，近距离凝视，片片荷叶像无数把撑开的绿伞，在微风下摆动着婀娜身姿，晶莹剔透的露珠儿像一颗颗美丽的珍珠，在叶面上滴溜溜滚动着，有的顺着叶子滑落到荷塘里，有的随着阳光照耀悄悄地溜走了。

朵朵荷花竞相开放，一簇簇、一团团，红的如火、黄的似金、粉的像霞、白的如雪，个个像刚出浴的少女，在层层荷叶衬托下，清秀雅洁，妩媚可爱，美得静谧美好，美得摄人心魄。

花丛中，彩蝶飞跃着，翩翩起舞。花蕊里，蜜蜂穿梭着，低吟高唱。荷叶间，蜻蜓嬉戏着，轻盈点水，时而站立在荷尖上。荷叶下，鸭子悠闲地玩乐，鱼儿自由地畅游。它们是那么的恬静，那样的悠然。

我蹲下身子，轻轻抚摸着几片荷叶。叶面上晶莹的水珠，宛若我虔诚的心灵。此刻，我想要化作一颗莲子，播撒在澳门的池塘里，静心等待莲叶长出，荷花绽放，把"莲岛"装扮得更加妖娆。

一阵清风吹起，我的耳畔仿佛响起了《莲花赞》里的乐章："忍受数百年风霜雨雪，你依然保持君子气节。身处淤泥心存高洁。啊，莲花，澳门的莲花，过去你失去自尊改变颜色，今天你重返家园风姿绰约。啊，莲花，特别的莲花，祝你光彩重辉时空飞越，向那屈辱永远告别。"

一首歌，成了澳门同胞的心声。一朵莲，成了祖国宝岛的象征。1999年12月20日上午，澳门综艺馆南侧莲花公园中央，光洁如镜的灰色花岗岩圆台上，中央人民政府赠送澳门特别行政区政府礼品——高6米的大型雕塑《盛世莲花》矗立在世人面前，金光闪闪，耀眼夺目。寓意澳门三岛、形似莲叶的三层红色花岗岩相叠的基座上，别样的荷花盛开，亭亭玉立，冉冉升腾，象征着澳门永远繁荣昌盛。

我在凉亭小憩，遇到了一位年过古稀的澳门人。他发自内心地说，祖国是澳门的母亲，荷花是澳门的灵魂。热爱祖国，澳门人才会安居乐业；拥有荷花，澳门人才会容光焕发。

是啊！荷花是圣洁、祥和、宁静、太平、善良、高尚的象征，澳门人的水灵，澳门人的温情，澳门人的幽静，澳门人的坦诚，澳门人君子般的情怀，正是荷花的高洁渗透了他们的躯体，莲子的灵气净化了他们的心灵。

"澳门风景无限美，莲岛荷花别样红。"此刻，我要为澳门成功实现"一国两制"点赞！

在厦大，我遇见了陈嘉庚

"厦门大学到了，请各位游客下车参观！"导游的呼喊声将我从睡梦中叫醒。

下车后过南普陀寺，一座高大别致的门楼映入眼帘，鲁迅先生题写的"厦门大学"四个苍劲有力的大字带我们步入了校门。

伴随着秋日的微风，沐浴着和煦的阳光，我兴致勃勃地走进校园。宽阔的广场、挺拔的树木、碧绿的草坪、美丽的花坛与一幢幢南洋风格的建筑一次又一次吸引着我的眼球。啊！这哪是学校，简直就是一座漂亮的公园。

没走多远，一处湖泊进入了我的视野。放眼望去，湖水如一块硕大的镜子，清晰地倒映着蓝天白云和湖畔上的绿树红花。湖面波光粼粼，几只黑天鹅在湖中戏水。湖边芳草铺地，绿树婆娑，三五成群的学生聚在一起，有的谈论学术，有的悠闲聊天，有的玩乐嬉戏。

"这是芙蓉湖吗？"我轻声请教坐在湖边的女学子。"对呀！"女学子笑微微的表情、婉转的语调，洋溢着内心的自豪。是啊，身为厦大学子，面对一位外乡陌生人的问话，这样的答复也许是最自然的表述，也许是最直白的流露。

过芙蓉湖畔到集美楼。我抬眼瞻望，郭沫若先生题写的"鲁迅纪念馆"5个大字赫然悬于拱门之上，悠闲随意的脚步不由自主地收敛了，一种仰慕敬佩之情油然而生。在纪念馆里，我品读了先生的光辉人生和经典语录，浏览了先生的老照片和当年穿过的衣服、用过的物件，深切感受到了文坛斗士"横眉冷对千夫指，俯首甘为孺子牛"的气势和豪迈。

鲁迅纪念馆与陈嘉庚纪念馆紧挨着，两个伟大的灵魂比肩而坐，让温情浪漫的校园平添了一种浑厚的气魄，一种深沉的魅力，令人感心动耳，荡气回肠。

在陈嘉庚纪念馆里，一张张图片、一段段文字、一件件遗物，展现了

155

一位爱国华侨传奇的人生和不平凡的岁月，让我受益匪浅。

陈嘉庚创业成功不忘祖国，回到家乡福建后创建了集美学校和厦门大学，为中国教育事业做出了卓越贡献。毛主席评价他为"华侨旗帜，民族光辉"。1949 年，陈嘉庚应毛主席电邀参加了中国人民政治协商会议和开国大典。1952 年 2 月回国定居，历任中央人民政府委员、华侨事务委员会委员、中华全国归国华侨联合会主席，先后当选为全国人民代表大会常务委员、全国政协副主席等。

作者在厦门大学

参观完陈嘉庚纪念馆，让我感受到了一位华侨领袖胸怀天下的爱国精神、公而忘私的奉献精神、坚韧不拔的自强精神、艰苦奋斗的创业精神。让我体味到了一位富家大亨爱国、诚毅、勤勉、睿智、乐善的人格魅力和高尚品质。

在纪念馆门前，我瞻仰了陈嘉庚先生的雕塑，但见他一手拄着拐杖，一手握着帽子，两眼平视远方，好似在说：学子们，你们一定要牢记"自强不息，止于至善"的校训，发奋读书，刻苦努力，成为国家富强、民族复兴的栋梁之材！不禁让我肃然起敬。

走出陈嘉庚纪念馆，我的心里久久不能平静。我在想，在泱泱中华富强起来的伟大时刻，陈嘉庚的爱国情怀和民族气节更值得我们学习，更值得我们弘扬！陈嘉庚精神永垂不朽！

置身聚寿山

每一块土地，都有着自己灵魂深处最美的片段。

在微信上，我与山西晋城文友玄知聊天。他说："我的家乡太行山南麓有座聚寿山，山上有座普陀别院，供奉着象征观世音菩萨七十二化身的72尊泥塑圣象，全国独一无二。不远处还有'孔子回车处'小景，也是个值得看的景点。"

观音菩萨有七十二化身还是第一次听到。"孔子拜孩童为师"的故事我自小听母亲讲过，但从不知道究竟发生在什么地方。玄知的推介让我心潮澎湃，便有了去聚寿山结缘的思慕。

去年国庆长假，我提前联系了玄知，怀着朝圣的心情，一人一包，在咸阳机场登上了去往山西太原的航班。到了太原，我无心观看，草草吃了一碗面条，便急不可待地坐上了发往晋城的班车。

在晋城车站，我坐上了玄知的私家车。"聚寿山以'藏风聚气，怡情养性，安身凝神'而得名。景区有宝积塔、舟山慈航、普陀别院、三义古庙、千年古柏、七星伴月、园觉洞、罗汉洞、金鸡石、放生亭等20多个景点，是北京广化寺住持怡学法师在国内、日本和东南亚化缘3.6亿元修建的。寿山书院和普陀别院为景区精华。"玄知一路滔滔不绝。

车子顺着207国道一路南行，拐进333省道进入晋庙铺镇范谷坨村，远远望见一座古色古香的高塔，让我想到"救人一命，胜造七级浮屠"的名句。顺着村子水泥路前行，没多久，便到了聚寿山。

途中，玄知指指点点："你看，那是象山，那是龟山，那是官帽山，那是卧佛山，那是凤凰台，那是骆驼峰，那是游龙谷……"让我不得不叹服大自然的神工鬼斧。

大峡谷之中景点一个接着一个，亭台楼阁、红墙绿瓦在绿树映照下，显得更加古朴壮丽。

聚寿山书院矗立在青石高台上，四周群峰叠翠，风景秀丽，环境优雅。玄知说，书院以传承中华传统文化、弘扬爱国主义精神为宗旨，开设了慈爱天下、中华孝道、改过至善等功课，曾举办文学笔会、花朝节、佛学论坛、水陆法会、国学夏令营、古琴禅修班、易经班、亲子课等活动71期，使学员在学习中懂得了感恩，懂得了珍惜，收获了快乐，收获了幸福……现有学员近万人，遍及全国各地。玄知的介绍，让我在琅琅书声中相约古圣先贤，步入了"道在深山，学在民间"的佳境。

登上高耸云天的大宝积塔，俯首东瞰，一座船形小岛映入眼帘，这便是舟山慈航。普陀别院坐落在舟山慈航东南，大殿供奉着76尊圣象，正中为慈祥庄重、凝神注目的大慈大悲观世音菩萨。圣象周围的观音菩萨救苦救难71尊化身、善财童子、小龙女、韦陀菩萨、护法山神托山而起，浩渺深邃，仙气袅袅。每尊圣象神态各异，栩栩如生，艺术之高超足以超越古人，震撼今人。玄知说，这是国内最大的观音菩萨泥塑群。

怀着一颗虔诚的心，轻声诵着经文，默默参与到膜拜人群中。

福、禄、寿、喜、财五座宝阁矗立在山峦之上，与舜日亭、春晖亭、厚泽亭、揽月亭、昊天亭遥相呼应，承载了人们求福——福如东海，求禄——禄厚位高，求寿——寿比南山，求喜——喜从天降，求财——财源广进的美好心愿。玄知说，2019年5月，聚寿山景区举办了声势浩大的第二届中国民俗五福文化节，1500多人参加。文化节期间，有高端权威的学者论坛，有精彩的文艺表演，有美轮美奂的地方戏曲，有庄严盛大的民间祭祀，受到了社会各界的高度赞誉。

铁仙观建在聚寿山最高点，供奉着八仙之一的铁拐李。拾级而上，站在观景亭极目远眺，一座座庙宇楼阁布局合理、构思奇特，各抱地势、借势而为，高低错落、钩心斗角，新颖别致、恢宏壮观。

太阳偏西，我嚷嚷要去"孔子回车处"，玄知爽快答应。

车子向南行驶，在天井关村南面村口，我看到一块明万历年间的石碑，上书"孔子回车之辙"。此刻，我仿佛看到了孔子的脚印，故事便丰满了起来。

孔子周游列国，传道讲学，在郑国游说结束后欲到晋国讲学。他坐着木轮车行至晋豫边境一小山村，看见路上几个小孩玩以石筑城的游戏，不肯让路，其中一个名叫项橐的七岁男童以"世上只有车绕城，哪有城让车"的口吻质难孔子。孔子感慨小孩聪明过人，于是躬拜为师，绕"城"

而过。后人为祭祀孔子，在村东南修建了文庙，并将当地改名为拦车村。

走进村子，漫步在拦车村古驿道上，参观着或高或低，或完整或残缺的建筑，仿佛"拦车官街人挤人，挑肩拉货挤不出城"的情景就在眼前。

走进历史，再跳出历史。若孔子再来，山西一定会夹道欢迎。

（荣获中国西部散文学会主办的"聚寿山"杯全国散文大赛三等奖）

游三峡

参加全国红办在四川广安举办的红色旅游培训班后，与甘肃朋友一同游览了长江三峡。

9月29日夜幕降临时，我们一行在重庆万州码头登上了海航号客船。船上有休息室、餐厅、茶座，环境舒适。伴随着小雨滴答声，借着霓虹灯的影子，我们游览了文藻胜地——张飞庙，体验了"桃园三结义"的文化内涵。

船上的夜静悄悄的，我因旅途劳累，不觉睡到天大亮。

30日起床后，船已驶入雄伟壮丽的长江第一峡——瞿塘峡。满眼望去，两岸青山倒映溪水，旖旎风光随处可见。不一会儿换乘快艇，倚在二楼栏杆观景，溪水两岸，有山皆险，有水皆绿，有峰皆奇，有泉皆飞，犀牛望月峰、古栈道等景观尽收眼底。那"倒吊和尚"处，江面宽不过百米，群峰高不见顶，峭壁直立如墙，不由得使人惊叹。

进入小三峡，又换乘30座的敞篷木船，一位操着浓重巴蜀方言的艄公让大家一一坐好，穿上救生衣。不一会儿，小船进入了水烟氤氲、碧绿秀美的小小三峡。艄公是个性情活泼的年轻人，为活跃气氛，他唱起了当地山歌："太阳出来桂花开，风不吹来花不摆，雨不淋来花不开，姐不招手郎不来……"游客齐声叫好。随着喝彩声，艄公含笑走了过来，向大家叫卖印有三峡留念的小装饰品，每个10元。游客们冲着他的幽默可爱，没有讨价还价，人手一个。江上天气像娃娃的脸，说变就变，刚还晒着太阳，刹那间乌云密布，雷鸣电闪，大雨倾盆。虽然艄公手忙脚乱地撑起一块油布，豆大的雨点仍把大家淋成了"落汤鸡"。

下午3时，进入幽深秀美的长江第二峡——巫峡。全神贯注，看到松峦、神女、圣泉诸峰列队而来。其间，忽而大山挡道，疑无去路；忽而峰回路转，一水相通。途中，导游讲述了巫山12峰美丽的神话传说，每个

作者在三峡

故事津津有味、楚楚动人，使人遐想无穷。当游船驶进神女峰时，山上的岩石、草木清晰可辨，朵朵云雾伸手可触。黄昏到达屈原故里，船停了下来，在短暂行程中，我们追寻了爱国诗人屈原的足迹，观看了绝版巴山舞，美丽的歌舞表演，使我们如痴如醉，流连忘返。

10月1日清晨进入险要峻秀的长江第三峡——西陵峡。举目远眺，群山绿水，连绵接踵而至，惊涛骇浪，令人目不暇接。看到这鬼斧神工般的奇迹，我不禁对《三国演义》电视剧主题歌里"滚滚长江东逝水，浪花淘尽英雄"的豪迈气概有了感悟，体验了唐代诗人李白"朝辞白帝彩云间，千里江陵一日还。两岸猿声啼不住，轻舟已过万重山"的经历。

8时，我们乘龙舟领略了奇特幽深的峡谷风光，步行观赏了屈原放逐"问天"之处。行其间，刀削斧劈般的山峰绝壁、龙腾虎跃般的瀑布深潭不时在深谷里展现，"男人的欢笑，女人的尖叫"不时在深谷里荡漾，真切体会到了人生无极限挑战的意境。

下午3时，我们来到了被誉为"世界第一坝"的三峡大坝，在坝区最高点——坛子岭饱览了三峡工程全貌，后又到"185"观景台，目睹了老一辈革命家"截断巫山云雨，高峡出平湖"已成现实的大坝全景，观赏了"山水相连，天人合一"的人间奇迹，感悟了华夏民族的伟大与自豪，体会了人与大自然的完美结合。

长江三峡，风光无限，雄伟险峻，气象万千，汹涌澎湃，千姿百态，似人若物，神秘莫测……这里，有看不尽的绚丽美景；这里，有听不完的古老传说。

（刊发于《环江》2013年秋刊）

台湾行

自"两岸三通"以来，一直想去宝岛台湾看看风光，看看同胞。这个夙愿终于得以实现。

11月下旬，我们一行登上了西安发往深圳的班机。在香港旅行完后转机到台湾，返回再到澳门。短暂的旅行让我们领略了美丽的海岛风光，体味了多彩的风土人情，留下许多回味和遐想。

飞往台湾的班机在桃园机场降落，我们走出候机大厅，早有姓李的男导游等待接团，他看上去30岁左右，但实际年龄已过40岁，儿子都上大学了。他有说有笑，和蔼可亲，和大家很快成了朋友。随着他高举的红色塑料小拳头的引导，我们步行了一段路程，坐上了豪华大巴。途中李导说，他祖籍在湖南，1949年父亲定居台湾至今。接着他介绍台湾人文地理、风情民俗、政治经济、风景名胜。看到大家困了、累了便停止话题，播放邓丽君的甜歌和一些记录碟片，车厢里气氛始终轻松愉快。有时车程长了，途中李导自费请我们品尝当地小吃，司机请我们吃释迦果。旅游线路安排得合理紧凑，早上8点左右出发，晚上8点前入住宾馆，我们不仅饱览了风景，还有空到街道上转转。

旅游观光看景点，不在看了多少，关键是感悟到了什么。台湾人文景观几乎都有特点。101摩天大楼高达508米，乘坐电梯仅用37秒就到达89楼观景台，坐很快的电梯，在很高的大楼上观景，仿佛有至高无上、居高临下的感觉。台北中山纪念馆、中正纪念堂建筑古朴典雅，景点氛围宽松和谐，可随便摄影拍照。在台北中山纪念馆，我们参观了卫兵换岗交接仪式表演，但见孙中山雕塑两旁卫兵，手握钢枪，神情严肃，目不转睛，纹丝不动，俨然是两尊雕塑。换岗仪式，卫兵步伐整齐，动作潇洒，步伐落地有声。李导说，这些卫兵能达到如此境界，不仅要刻苦锻炼，还要有一种精神和毅力。"故宫博物院"是一座4层宫廷式建筑，占地1万多平

作者在台湾

方米，为全球首屈一指的华夏文物典藏。因场地有限，每次只可展出文物3000件，每3个月轮换一次，至目前共展出65万余件。所有宝藏绝大多数是1949年蒋介石从大陆运往台湾的。在"博物院"里，我们欣赏了"西周青铜器毛公鼎""明代龙凤大盘"和"清代翠玉白菜""宝石红僧帽壶""东坡肉形石"等稀世之宝，大饱了眼福。

台湾风光名不虚传，阿里山、日月潭是游客最向往的地方。

那天，我们乘车从台东到高雄。一路上，李导滔滔不绝地讲述阿里山的故事。他说，山上有一种树叫"桧木"，有极强的生命力，据说千年不朽，称为"神木"。阿里山到了，随着李导引导，我们走进"台湾第一好茶——阿里山旗舰店"，小姐表演茶艺后为我们斟上了"极品金萱"。品尝一口，顿觉口喉生津，齿颊留香。问及价格，一盒两罐，台币3200元，打6折折合人民币426元。因要送朋友作纪念，我毫不吝啬地花掉人民币5000多元买了13盒。

走出茶叶店，沿着神木群森林前行，走不了几步就会看到一个个红桧树桩。李导说，当年日本占领了台湾，发现阿里山"神木"后大肆砍伐，源源不断地运往本国，用来建造皇宫和神社，这些树桩就是被砍伐后留下的痕迹。沿路我们看到了桧树被砍伐后再生的"永结同心""金猪报春""三弟兄""四姊妹"等，千姿百态，仿佛在控诉日本侵略中国的罪行。观瞻2300年轮的"红香神木"时，我按下相机快门，竟然出现了黄龙盘绕树干的奇观异景。

日月潭位于南投县鱼池乡，是台湾最大的淡水湖，由玉山和阿里山之间的断层盆地积水而成。早晨，我们登上了环岛游船。满眼望去，四周群山环抱，潭水碧绿。乘船而下，眼前出现了"拉鲁岛"，以拉鲁岛为界，北半湖形如日轮，南半湖形如弯月，美丽的日月潭展现在面前。

返回环县不觉半年有余，泡上阿里山茶细细品尝，总是甜甜的滋味。翻开旅行影集，点点滴滴，总是浓浓的情意。台湾是祖国不可分割的一部分，海峡两岸共同期盼和平统一。

（刊发于《北斗》2012年第2期）

文化杜康

国庆节，远嫁河南郑州的外甥女探亲到环县，她一进门就兴冲冲地对我说："舅舅，你猜我给你买啥好吃的了？"我还在纳闷，女儿抢先将一提包装盒打开。

"啊！你咋知道老舅爱喝这酒？"

"舅舅姓杜，肯定爱喝老祖宗牌子的酒……"

姐妹俩的对话勾起了我的回忆：

老爸嗜酒如命，每天都要喝酒，他说一天不喝酒就感觉没精神，但一般都喝老妈酿造的黄酒，很少喝白酒。20 世纪 80 年代，父亲做生意到洛阳，买回了两瓶"花脸包公杜康"，吃饭间他打开一瓶，霎时，浓浓醇香弥漫整个窑洞，冲进我的鼻孔，让我神往，让我欲罢不能。父亲看我快要"垂涎三尺"，就斟了一小杯给我。抿一口，绵于口，刻于骨，醉于心。另一瓶老爸埋在院子里一棵杏树下，那年奶奶过 80 岁生日时，他挖了出来，曾经清澈的白色变成了米黄色，刚一启封，满屋绵香悠悠，经久不散。此刻，曹操的《短歌行》又一次在脑海回荡：对酒当歌，人生几何！譬如朝露，去日苦多。慨当以慷，忧思难忘。何以解忧？唯有杜康……

因受杜康造酒故事感染和第一次品杜康酒的留恋，一直想到老祖宗酒圣杜康故里走走看看。

10 年前去河南汝阳杜康故里，圆了梦。

畅游仙庄，一路风景，一路故事。站在"二仙桥"上看"杜康河"，桥上亭台轩榭，桥下流水潺潺，两岸鲜花点点，杨柳依依；"葫芦湖"清澈见底，八仙铁拐李酒葫芦砸的痕迹依稀可见；"刘伶醉酒图"演绎了"天下美酒数杜康，酒量最大数刘玲。饮尽三杯杜康酒，醉倒刘伶三年整"美丽的传说。

怀着虔诚之心，缓步进入杜康祠、酒祖殿，瞻仰叩拜酒圣杜康，赏羊牧杜康、酒仙对饮、开棺醒酒壁画，品"仙眼识地灵选取甘泉一段水，圣心出天巧醅成玉液万年香""龙凤呈祥一盏芳甘真可醉，仙灵献寿万家醋畅得无愁""醉虎眠龙琼浆液，饮到刘伶是酒神。芳逐康河千载誉，名返仙庄一杜魂。昔日魏武解忧酿，今朝百姓庆丰醇。八仙复闻争品咽，过海犹香九霄云""千古佳酿，名扬四海""洛阳花最美，杜康酒更香""每尝思李杜，常饮寿而康"等名联绝句，体味了博大精深的酒文化。

漫步竹林小径，嵇康、阮籍、山涛、向秀、刘伶、王戎、阮咸"竹林七贤"，峨冠博带，挥袖摇扇，自得其乐。一阵微风吹过，竹叶散发沙沙音符，清新竹香扑鼻而来，好不惬意。

走进杜康酒厂，着实让人大开眼界。酿造车间，一座座蒸锅冒着热气，一罐罐酒液潺潺外流；包装车间，一瓶瓶美酒缓缓移动，一箱箱成品堆积如山。"华夏第一窖"，一坛坛原浆甘美醇厚，一排排酒坛陈列有序。品一盅原浆酒，浓浓香味，侵入舌尖，侵入喉咙，侵入五脏六腑。

此刻我想说：杜康是一种文化，永远融入5000年中华文明中；杜康是一种精神，永远流淌在14亿华夏儿女血液中。

（荣获"首届我与豫酒故事"征文大赛佳作奖）

诗意石嘴子

背着太阳，一路向西，我要寻找一座叫石嘴的山。

我跨上巨型马背，不经意间遇到了牧马人。

"这是石嘴山吗？"我问牧马人。

"石嘴山无山，它是黄河岸边像个嘴的大石头。"

"脚下的山叫贺兰山。"

"贺兰山是一匹奔腾的骏马，是它用高大的身躯堵住了西伯利亚的寒流，挡住了腾格里的大沙漠。是它说服引导黄河母亲北上，造就了美丽的塞上江南。"

牧马人讲到妙处，扬起马鞭向空中一挥，霎时山在抖，风在吼，马在叫，黄河在咆哮。

我登高展望，贺兰山露着黝黑的面孔，敞着粗犷的胸腹，像个豪爽厚实的西北汉子，更像个饱经风霜的老父亲。

我顺着牧马人鞭指的方向，哼着"天下黄河九十九道弯，弯弯里都是米粮川，内蒙古有个河套川，套口口上就是石嘴山"的曲子，走进石嘴子。

这是贺兰山父亲手执妙笔，蘸着母亲黄河的水，大写的一张巨型的嘴。

千百年来，黄河水从嘴边淌过，滋润着这方神奇的土地，养育着世世代代的黎民百姓。

我漫步在塞上湖边，每一处景色都别开生面。我溜达在林荫大道，每一处建设都匠心独运。我置身于公园景点，每一处繁花都浸染在繁华里。

我徜徉在这个"嘴"上，享受着荡漾心灵深处许久的迷恋……

我赞美石嘴子人。

是他们用顽强的毅力，把一座"煤城"变成了"美城"。

是他们用超人的智慧，把一座"黑城"变成了"绿城"。

是他们用惊人的壮举，造就了一个令世人惊艳的石嘴子。

这个春节让我感动

中国年，本该是个亲朋相聚、欢喜吉祥的好日子，不料一场突如其来的新型冠状病毒感染的肺炎疫情席卷而来，意外抢了"喜庆"的风头。"今年不拜年，在家最安全""过年不串家，健康你我他"的倡议让我稳稳当当地待在家里。

躺在沙发上，打开电视、电脑、手机，疫情信息总是刷屏，一幕幕抗击疫情战役的感人场景总是吸引着我的眼球，让我情不自禁热泪盈眶。

他们是这个春节最美奉献者。

他和蔼可亲，穿着白大褂在一线指挥。他是84岁高龄的中国科学院院士钟南山。2003年"非典"，是他带领医务人员奔赴一线，创造了一个又一个奇迹，夺取了抗击疫情的伟大胜利。武汉发生疫情后，他高呼大家不要去武汉，而他却坐上了前往武汉的高铁，出现在疫情战场的最前沿。

她精神抖擞，穿着防护服在一线救治。她是年过古稀的中国工程院院士、国家卫健委专家组成员李兰娟。面对严重疫情，她主动请缨率医疗队驰援武汉。在收治危重患者定点医院，她不分昼夜地忘我工作，每天睡眠不到3个小时。

她满头银发，戴着老花镜在一线体检，每周主检600多份报告。他是92岁高龄的江苏省人民医院高级专家组组长、血液内科女教授敷忠芳。她说："作为医生来讲，这个医学的战士，死在战场上，是死得其所。"

他全副武装，驾着电动轮椅在一线坐诊。他是"中国儿科医师终身成就奖"获得者、86岁高龄的董宗祈教授。他幽默地说："我的粉丝就是病人，作为医生，一辈子就是为了他们嘛！"

……

他们是这个春节最美白衣天使。

"我报名去武汉……我要去金银潭医院……我是党员，救援经验丰富，一定不辱使命……"请战书上一个个鲜红手印，一颗颗赤忱之心。

70 岁的湖南女军医吴兵三度请战，驰援武汉，她在请战书中写道："我多年经受党的教育，享受幸福生活，无忧无虑无病，在非常时期，我愿意付出一切。"

29 岁的武汉大学人民医院医生吴小艳在返乡过年途中收到"希望 35 岁以下的医生积极响应医院号召参加紧急救治队"的微信后，当机立断返回武汉，毅然重返工作岗位。

"95 后"的武汉科技大学天佑医院护士李慧，在进入疫情战场上提出要求："若有不幸，我愿捐献遗体做研究，请大家不要告诉我的父母。"

在支援医疗队伍里，一位护士因不想让丈夫担心，一直没有告诉她去武汉的消息，直到上车那一刻才说了实话。腼腆的丈夫在目送妻子那一刻，情不自禁地喊道："老婆，我爱你。"

一位上海姑娘，申请到武汉一线援医，她发信息给朋友："我报了名没有告诉我妈，怕她跟我拼命。"

甘肃庆阳市人民医院医生袁文华、张锐锐在出征武汉前，一个剃光头，一个留短发，成为"白衣战士"中最美发型。

……

"爸、妈，我今年过年不回家了。""老公，你把儿子送到妈那里，科里要加班，我没时间回家。"这些天，全国上下医护人员全部处于待命状态，若有疫情马上全身心投入到紧张的工作中去。

武汉金银潭医院院长张定宇 30 多天里，每天凌晨 2 点休息，4 点起床，认真处理各种突发事件。他说："我跑得快，才能跑赢时间，我跑得更快，才能从病毒手里抢回更多的病人。"

南京市中医院副院长徐辉，面对疫情，坚守一线 18 天，"90 后"的武汉中心医院男护士邓光西与医务人员朱凡原定回老家结婚，非常时期，他们说服了双方父母，取消了婚礼。

除夕，一位 80 岁的老母亲给医生儿子送年夜饭，把饭放在门外，喃喃嘱咐儿子保重，儿子含泪回应。一门之隔，隔离了病毒，却隔不断亲情。

大年初一，一位穿着防护服的医生，望着 3 米外的小女儿，流下了热泪。一道门槛，成了父亲与女儿最遥远的距离。

……

他们是这个春节最美平凡人。

海口，一家便利店老板有 6 万只口罩，却只送不卖，免费发放给市民。他说："我的好多同学战斗在一线，我只能尽到一点微薄之力而已。"

湖州，一位老人来到社区，往桌上放了一沓崭新的 100 元钞票。他朝着工作人员深深鞠了一躬："国家有难，我要捐款。"说完转身就走。后得知他是一位 83 岁的老党员，老伴瘫痪在床，靠捡破烂维持家计。

日照，一位环卫工人，到派出所放下一个包就走，工作人员打开一看是 12000 元现金，还有一张纸条，上面写道：急转武汉，为白衣天使加油。

一位小女孩，在爸爸陪同下，捐了 510 元的压岁钱。

一位中年男子将 500 只口罩匆忙丢在某派出所，说了声："你们辛苦了！"转身就跑。

一位年轻姑娘闯进急诊科，在分诊台放了三盒东西，说了声："这是送给你们的！"匆匆离去。

……

"从武汉回来，请自行隔离观察。或许你的谨慎就阻断了一次病毒传播的可能。""戴口罩，勤洗手，不给病毒有可乘之机。""保护自己，就是对他人负责。""这个春节，我承诺：不聚餐，不串门，不传谣……"无数普通人行动了起来，从我做起，从细节做起。

这个春节虽然比往年冷清，但在全民抗击疫情的战役中，让我看到了许多深藏在中国人骨子里的东西，那就是中国精神。

（刊发于《甘肃经济日报》2020 年 2 月 15 日）

山雀的遇见

以往大年初一，我的主人家要来几十号人，好多小孩子给我喂这喂那，和我逗乐儿。初二、初三他们全都出了门，半夜才回家。今年过年就有点不对劲儿，主人一家子整天窝在屋子里，就是偶尔出门总要戴上口罩。从外面回来好像染上了什么，一进门就往身上喷洒水雾，接着一遍又一遍地洗手。外面的人也不来，有了事就在手机上联系。平时他们一直在谈论着疫情的话题，我感到怪怪的。

元宵节那天早上，主人家宝贝儿子小明对我说："山雀宝宝，最近疫情很严重，大人怕我染上病毒，不让我出门，我好无聊啊！现在我才真正体会到圈在笼子里是什么滋味。你到我家有两年多了吧！我说服了妈妈，决定今儿放你出去，委屈你了，再见！"小明说着打开笼子，放飞了我。我获得了自由，道了声"感谢"！便展开翅膀，飞出窗子，飞过马路，落到广场一棵树枝上。

广场里没有节日的气氛，没有攒动的人群，偶尔有戴着口罩的人过往，总是行色匆匆。街道上车少人少，好多门面关闭着，一切都显得冷冷清清。

我正在东张张，西望望，忽而不远处飘来好大的一团乌云，霎时黑压压一片，罩住了广场上空大半个蓝天，太阳一下子没了光泽。

我惊讶地发现，这是一群无数个青面獠牙的怪兽，个个头戴蝙蝠形冠帽，手里端着冲锋枪，枪口射着乌烟瘴气，俨然要袭击这个世界。

我像遭遇了腾空扑来抓我的老鹰，魂飞了，魄散了，翅膀不听使唤了，一下子跌落在树底下昏了过去。

不知过了多长时间，刺骨的寒风将我唤醒。我回过神来，再一次飞上树枝。我不经意间看见头顶树杈上一只喜鹊望着我问话。

"山雀弟弟，是你啊！今儿从啥地方来嘛？"

"喜鹊哥哥，我是后面小区小明家鸟笼里的宠物，他是个知趣的孩子，今天一早把我放了！"我说。

"那好啊！祝贺你获得自由了。"喜鹊说。

我说了声"谢谢"！接着向喜鹊求教："喜鹊大哥，刚才的怪物你看见了吗？它好凶恶啊！我差点被它给吃了。你在外面消息灵通，又是人类的好朋友，你一定知道得很多。"

"看见了！它叫新冠肺炎，蝙蝠身上就携带着这种病毒。我听说这个病毒好生厉害，通过呼吸道传染，能一传十，十传百，如果不及时治疗就没命了。"喜鹊滔滔不绝地说。

"哦！那这样下去人类要灭绝了吧？"我疑惑不解地问。

"不会的！人类是高级动物，尤其是和咱们生活在一个天底下的中国人，又聪明，又坚强，又团结，又有办法，他们从来没有被任何东西压垮过。这次疫情发生后，全国上下一盘棋。你没看到吗？就咱们这个县城，各小区、各单位、各超市、各路岔 24 小时有人值班，每个过往的人都要接受调查登记、检测体温。每个人出门都要戴口罩……"喜鹊讲得头头是道。

"那染上病毒的人怎么办？"我继续追问。

"中国人个个是英雄，他们把疫情当战场，把新冠肺炎当敌人，把医院当阵地，穿着防弹衣的医护人员就是'白衣战士'。我听说这些'白衣战士'一不怕苦，二不怕死，白天黑夜在一线打阻击战，全力救治新冠肺炎患者，全国人民在后方做保障。他们说，打不赢阻击战决不收兵。"喜鹊讲得津津有味。

"这下蝙蝠惨了，我断定人类一定会收拾它。"我说得有点自信。

"不会的，他们说，今后要特别保护蝙蝠在内的咱们这些野生动物，谁杀害谁要坐牢。"喜鹊讲得有理有据。

"那太好了，这样人和动物就和谐了，这个世界就更精彩了。中国加油！"我说着控制不住内心的激动，面向广场迎风飘扬的五星红旗深深鞠了三躬。

……

时间过得真快，不觉到了正午。我舒了舒翅膀，告别了喜鹊大哥，飞向山坳，寻找久违了的伙伴。

（刊发于《今古传奇》2020年全国优秀小说选·闪小说）

後　記

我上小学时，母亲总是精打细算，从牙缝里挤出分分钱给我买小人书。《闪闪的红星》《小兵张嘎》《智取威虎山》《刘胡兰》……不知不觉摆了一抽屉。我津津有味地阅读，把书里的故事讲给母亲听，与母亲一同分享。

我上中学时，一有空就往学校图书室里钻，《红岩》《林海雪原》《苦菜花》《城南旧事》……让我爱不释手。美丽的文字让我精神愉悦，曲折的故事让我荡气回肠。

我高考落榜当了农民，利用下雨天上山挖药材换零钱，购买了《水浒》《西游记》《隋唐演义》《杨家将》……干完当天农活就往书山上跑。在方圆邻居眼里是个十足的"书呆子"。

我参加工作有了工资，省吃俭用攒了钱，订阅了《人民文学》《十月》《今古传奇》《飞天》……我徜徉在书的海洋里，寻找自己的梦想。

勤奋阅读开启了我的写作智慧，点亮了我的作家之路。三十多年来，我从写行政材料到写新闻报道，再到写文学作品，一步一个脚印。在《人民文学》《少年文艺》《今古传奇》《西部散文选刊》《黄河文学》《中国文物报》《甘肃日报》等二十多家报刊发表作品二百多篇。荣获《人民文学》美丽中国征文奖、"紫云山杯"全国征文大赛一等奖等文学奖二十多项，成为中国散文学会会员，西部散文学会副主席、甘肃分会主席，甘肃省作协会员。

在写作路上，我有幸结识了《西部散文选刊》主编刘志成、《人民文学》副编审杨海蒂、《解放军文艺》副编审文清丽、青海作协主席梅卓，广西作协副主席鬼子等著名作家，在交流中丰富了自己。有幸与高凯、杨永康、付兴奎、武国荣、李安平等庆阳籍著名作家零距离互动，分享写作经验，在学习中提高。

175

　　《四季醉》是我第三部散文集，精选在报刊发表及获奖的散文随笔六十二篇。全集以现实生活为背景，讲述人间好故事，传播社会正能量，让读者从中受到启发。

　　《四季醉》能如期出版，我要特别感谢中国作家协会会员、国家一级作家、中国西部散文学会主席刘志成老师欣然为本书作序。特别感谢中国美协会员、兰州军区政治部文艺创作室副主任袁鹏飞老师不吝为本书封面赐画。特别感谢一路支持我成长进步的老师、亲人、朋友和同事。因本人水平有限，散文集有好多不足，谨请批评指正。

杜清湘

二零二零年四月